_____ 를 위한

최소한의
맞춤법

KB167673

오빠를 위한   최소한의 맞춤법

일러두기

1. 국립국어원 〈표준국어대사전〉을 참고했습니다.
2. 사전 인용의 경우 빈번하게 쓰이는 순으로 배치 및 재구성했습니다.

오빠를 위한 최소한의 맞춤법

초판 1쇄 발행 2016년 11월 30일
초판 11쇄 발행 2024년 6월 20일

지은이 이주윤

펴낸이 조기흠
총괄 이수동 / **책임편집** 송지영 / **기획편집** 박의성, 최진, 유지윤, 이지은, 김혜성, 박소현
마케팅 박태규, 홍태형, 임은희, 김예인, 김선영 / **표지, 본문 디자인** 장혜림 / **제작** 박성우, 김정우

펴낸곳 한빛비즈(주) / **주소** 서울시 서대문구 연희로2길 62 4층
전화 02-325-5506 / **팩스** 02-326-1566
등록 2008년 1월 14일 제25100-2017-000062호

ISBN 979-11-5784-158-5 03800

이 책에 대한 의견이나 오탈자 및 잘못된 내용은 출판사 홈페이지나 아래 이메일로 알려주십시오
파본은 구매처에서 교환하실 수 있습니다. 책값은 뒤표지에 표시되어 있습니다.

⌂ hanbitbiz.com ✉ hanbitbiz@hanbit.co.kr ⚑ facebook.com/hanbitbiz
🅽 post.naver.com/hanbit_biz ▶ youtube.com/한빛비즈 ⊙ instagram.com/hanbitbiz

지금 하지 않으면 할 수 없는 일이 있습니다.
책으로 펴내고 싶은 아이디어나 원고를 메일(hanbitbiz@hanbit.co.kr)로 보내주세요.
한빛비즈는 여러분의 소중한 경험과 지식을 기다리고 있습니다.

오빠를
위한

최소한의
맞춤법

글·그림
이주윤

HB 한빛비즈
Hanbit Biz, Inc.

차례

모든 동물은 이성의 관심을 끌기 위해 저마다의 노력을 합니다. 개구리는 개굴개굴 목청이 터져라 사랑의 세레나데를 부르고 타조는 날개를 퍼덕이며 구애의 춤을 추지요. 우리네 인간도 그들과 하등 다를 바 없지만, 단 하나의 차이점이라면 언어라는 강력한 도구를 사용한다는 것입니다. 네가 제일 예쁘다는 말, 너밖에 없다는 말, 평생 너만을 사랑하겠다는 말에 껌뻑 죽지 않을 여자가 또 있을까요.

말보다 더 좋은 것은 바로 글입니다. 같은 의미를 지녔다 해도 말은 내뱉는 순간 형체도 없이 공중으로 흩어지는 반면, 글은 언제든 꺼내어 곱씹어 볼 수 있으니 진심에 조금 더 가깝게 느껴진다고나 할까요. 요즘은 각 잡고 앉아 연애편지를 쓰지 않아도 메신저로 편리하게 마음을 전할 수 있으니 여자 꼬시기 참 좋은 시절인 듯합니다.

그런데 글을 쓰실 때 조심하셔야 할 게 하나 있습니다. 되도록 맞춤법을 지키셔야 합니다. 대수롭지 않게 여기실 수도 있지만 단호하게 말씀드릴 수 있습니다. **여자들은 맞춤법 틀리는 남자를 진짜, 정말, 진심으로 싫어합니다.** 여러분의 애인이 그동안 아무 말도 하지 않은 이유는 맞춤법을 몰라서가 아니라 당신의 자존심을 지켜 주기 위해서였다는 사실, 모르셨죠?

맞춤법을 틀리는 건 당신의 잘못이 아닙니다. 한글은 위대한 만큼 어려운 언어입니다. 글로 먹고사는 작가도 국어사전을 끼고 살고, 그 글을 다듬는 편집자도 국립국어원 홈페이지를 밥 먹듯이 드나들며, 한글 사용자의 궁금증을 풀어 준다는 국립국어원조차 오락가락할 때가 많으니 말입니다. 그러나 여러분은 작가도, 편집자도, 국립국어원 직원도 아닙니다. 완벽하려고 애쓸 필요 없이 최소한의 맞춤법만 알아도 충분하다 이 말입니다.

그런 여러분을 위해 이 책을 썼습니다. 가벼운 마음으로 읽고 자연스레 맞춤법을 익힌 후 애인 앞에서 무심한 듯 한글 실력을 뽐내시길 바랍니다. 당신은 그녀에게 똑똑하고 세심하며 건실한 데다 심지어 잘생긴 남자로 비칠 수도 있습니다. 제 말이 거짓말 같은가요? 저는 당신이 누구인지 모르지만 맞춤법 책을 읽고 있다는 것만으로도 굉장히 매력적인 사람으로 느껴집니다. 진짜, 정말, 진심으로요.

2016년 10월
이주윤

STEP 1

굳이와
구지

굳이는 굳이라 쓰고 구지로 읽습니다. 굳이 굳이를 굳이라 쓰면서 구디도 아닌 구지로 읽는 이유는 그게 발음하기에 편해서 그러는 거랍니다.* 이왕 편한 김에 세상 편하게 구지를 표준어로 삼으면 좋을 것 같은데 그건 또 안 된답니다. 왜! 왜 안 되는데! 도대체 왜애애애애애애!

국립국어원에 물어봤더니 굳이는 굳다, 굳고, 굳은 따위의 말들과 한 핏줄이기 때문에 굳을 굳게 지켜 줘야 한답니다. 아, 그렇구나. 이제야 알겠다.

* 구개음화: 끝소리가 ㄷ, ㅌ인 형태소가 ㅣ 모음과 만나서 구개음
  ㅈ, ㅊ으로 변하는 현상

굳이
〔구지〕

❶ 단단한 마음으로 굳게.

• 결혼은 현실이니 마음을 굳이 먹으렴.

• 의지를 굳이 세웠다.

• 어른들이 굳이 만류했던 결혼을 했다.

❷ 고집을 부려 구태여.

• 굳이 따라가겠다면 할 수 없지.

• 할머니는 내가 드린 용돈을 굳이 사양하셨다.

• 굳이 내가 좋다면 만나는 주마.

갑자기 이런 말해서
당황스럽겠지만

나 원래부터 너 좋아했어

만나서 얘기하고 싶은데

잠깐 나올 수 있어?

아니

원래와
월래

원래는 원래 월래라고 읽는 것이 맞습니다. 하지만 발음 그대로 월래라고 쓰는 것은 곤란합니다.* 무언가에 상당히 놀랐거나 기가 막힌 상황을 서술하고자 할 때 "월래!"의 꼴로 활용하시는 것은 무방합니다. 비슷한 느낌의 단어로 워메! 오메! 왐마! 등이 있습니다.

하지만 원래의 뜻을 원래대로 살리고 싶을 경우에는 월래가 아닌 원래라고 표기하기를 권하는 바입니다.

* 유음화: ㄴ이 ㄹ의 앞이나 뒤에서 ㄹ로 변하는 현상.

원래
〔월래〕

❶ 사물이 전하여 내려온 그 처음.
〔같은 말〕 본디

- 계획은 원래대로 진행되었다.
- 원래 이쯤에 다리가 있었는데 지금은 없어졌어요.

❷ 처음부터 또는 근본부터.
〔같은 말〕 본디

- 그는 원래 서울 사람이다.
- 원래 기술 좋은 장인은 연장 탓하지 않는 법이다.
- 원래 그렇게 목소리가 멋있으세요?

> 웬일이야 그 남자한테 연락 왔어

> 수요일에 만나자고 하면서 연락할게, 이러는 거 있지!

그게 뭐?

> 연락할게, 이랬다고

그러니까 그게 뭐?

> 아니 연락할게, 이랬다니까

나 지금 바쁘니까 이따 전화할께

할게와 할께

친구의 소개로 한 남자를 만났습니다. 첫사랑에 처절하게 배신당한 이후로 다시는 사랑하지 않겠노라 다짐에 다짐을 거듭했던 결심이 무색하게도, 그는 제 마음에 아주 그냥 쏙 들었습니다. 십 년 만에 찾아온 두근거림에 기분이 좋아진 저는 과음을 했고 에, 뭐, 저기, 그러니까, 그와의 잊지 못할 밤을 보냈다고 해야 하나 뭐라 하나…. 어험!

그러나 이런 식의 가벼운 인연은 이루어지기 어렵다는 사실을, 세상천지 정신 제대로 박힌 성인 남녀라면 모두가 아는 법이겠지요. 가슴은 쓰렸지만 짐짓 아무렇지도 않은 척하며 간밤의 해프닝으로 웃어넘기려 했습니다. 그런데 그때, 그에게서 메시지가 왔습니다. "뭐 해? 수요일에 만나자. 연락할게!"라고요.

연락할게, 할게, 할게, 할게…. 귓가에 할게, 소리가 상투스처럼 울려 퍼졌습니다. 저의 이상형인 '할게를 할께라고 쓰지 않는'* 남자가 드디어 나에게 와준 것이었습니다. 여러분, 그거 아세요? 세상에 키 크고 잘생기고 직업 좋은 남자는 많지만, **할게를 할께라고 쓰지 않는 남자는 정말로 드물다**는 사실을요.

수요일이 오기만을 기다렸습니다. 어쩜 금요일도 아니고 수요일에 만나자고 할까, 너무 신선하다! 혼자서 온갖 방정을 다 떨면서요. 그런데 어쩐 일인지 수요일이 되었는데도 그에게서 연락이 오지 않았습니다. 다음 주에도, 그다음 주에도, 그다음다음 주에도, 그다음다음다음….

혹시 그가 말한 수요일은 일 년 후 수요일, 그러니까 이맘때 즈음 수요일이 아니었을까요. 아니겠지요. 아니라고요? 나도 알아요. 흡….

함께 알기

거야를 **꺼야**라고 쓰지 않는 남자도 대환영입니다.

* 한글 맞춤법 제53항: -ㄹ게, -ㄹ걸, -ㄹ세 등의 어미는 예사소리로 적는다.

-ㄹ게	어떤 행동에 대한 약속이나 의지를 나타내는 종결 어미.
	• 다시 연락할게.
	• 너만을 사랑하도록 노력해 볼게.
-ㄹ께	-ㄹ게의 잘못.

황**
@daigang1290

결제와 결재가 헷갈리시는 분들을 위한 팁
- 결 (이 돈을 다) 제 (가 썼다고요?)
- 결 (과장 씨발) 재 (수 없는 새끼)

결제와
결재

"말하고자 하는 것이 무엇이든지 간에 그것을 표현하기 위
한 단어는 하나뿐이고, 그것에 생명력을 불어넣을 동사도
하나밖에 없으며, 그것을 형용할 형용사도 하나밖에 없다.
그러니까 그 단어, 그 동사, 그 형용사를 찾아내야 한다."

프랑스 소설가 모파상의 말입니다. 한마디로 글을 쓰려면
아무렇게나 씨불이지 말고 제대로 쓰라는 소리지요. 좋은
글을 쓰고자 하는 저에게는 진리와도 같은 말이지만 한편
으로는 깊은 좌절을 느끼게 하는 말이기도 합니다. 누군가
가 써놓은 적확한 문장을 읽을 때면 그보다 더 좋은 문장
을 써낼 수 없음에 열등감이 모락모락 피어오르거든요.
어느 트위터리안이 결제와 결재에 대해 쓴 글을 읽었을 때
저는 적잖은 충격을 받았습니다. 짧은 문장에서 전해져 오
는 명쾌함과 통찰력이 김훈 선생님 그 이상으로 느껴졌기
때문입니다. 그것을 뛰어넘는 글을 써보고 싶었습니다. 그
러나 결제와 결재에 대한 그 한 단어, 그 한 동사, 그 한 형
용사는 이미 찾아내어졌기에 아무리 애를 써보아도 저의
글은 아류에 불과하더군요.

  결제: 이 돈을 다 **제**가 썼다고요?
  결재: 김 과장, 이 **재**수 없는 새끼!

이걸 어떻게 이겨요, 진짜.

이보다 더 나은 설명을 찾을 수 없는 단어 몇 개만 더 투척하겠습니다. **설거지**와 설겄이, **베개**와 베게, **찌개**와 찌게가 헷갈릴 때는 뒤에 새끼를 붙여 보라고 하더군요.

설거지새끼, 베개새끼, 찌개새끼.

역시 우리나라 네티즌이 최고입니다.

결제
〔결쩨〕

❶ 일을 처리하여 끝을 냄.
❷ 〈경제〉 증권 또는 대금을 주고받아 매매 당사자 사이의 거래 관계를 끝맺는 일.

• 일시불로 결제해 주세요.
• 아직 결제 대금이 남아 있는데 헤어지다니.

결재
〔결째〕

결정할 권한이 있는 상관이 부하가 제출한 안건을 검토하여 허가하거나 승인함. '재가'(裁可)로 순화.

• 결재를 받으러 갈 때마다 자리에 안 계시는 부장님
• 결재를 올렸는데 왜 소식이 없죠?

낫다와 낳다

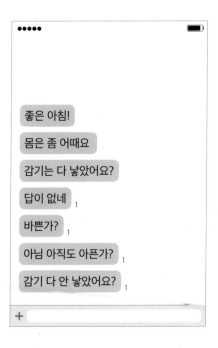

좋은 아침!

몸은 좀 어때요

감기는 다 낳았어요?

답이 없네

바쁜가?

아님 아직도 아픈가?

감기 다 안 낳았어요?

통계청이 발표한 2015년 출생 통계에 따르면 우리나라 여성 한 명이 평생 낳을 것으로 예상되는 평균 출생아 수는 1.24명에 그친다고 합니다. 이 말인즉슨, 대한민국 여자는 평생을 살면서 아이 한 명을 낳을까 말까 한다는 얘기이지요. 상황이 이러한데 여자에게 경우도 없이 낳았느냐 묻는 것은 굉장히 실례가 되는 질문이 아닐 수 없겠습니다. **질병과 관련된 경우에는 낫다**를, **출산과 관련된 경우에는 낳다**를 쓰는 것이 최선의 방법이지만 정 헷갈리신다면 그냥 낫다라고 쓰시기를 조심스레 권해 봅니다. 여러분과 만

나고 있는 여자가 무언가를 낳을 가능성은 극히 희박할 것
이며, 여러분이 무언가를 낳을 일도 없을 테니 어지간하면
상황에 맞을 겁니다.

낫다
〔낟 : 따〕

병이나 상처 따위가 고쳐져 본래대로 되다.
- 병이 씻은 듯이 나았다.
- 감기가 낫는 것 같더니 다시 심해졌다.
- 너를 만나고 상사병이 나았다.

낳다
〔나 : 타〕

❶ 배 속의 아이, 새끼, 알을 몸 밖으로 내놓다.
- 첫사랑 그녀가 아이를 낳았다는 소식을 들었다.
- 신호 위반으로 쌍둥이를 낳다.

❷ 어떤 결과를 이루거나 가져오다.
- 조국 분단의 비극을 낳다.
- 소문이 소문을 낳다.
- 사랑이 기적을 낳다.

❸ 어떤 환경이나 상황의 영향으로 어떤 인물이 나
타나도록 하다.
〔비슷한 말〕 배출하다.
- 그는 우리나라가 낳은 천재적인 과학자이다.
- 이 고장은 훌륭한 학자를 많이 낳은 곳으로 유명하다.
- 정우성은 우리나라가 낳은 외모 천재이다.

어차피와
어짜피

어차피 잊어야 할 사람이라면

돌아서서 울지 마라 눈물을 거둬라

내일은 내일 또다시 새로운 바람이 불 거야

근심을 털어놓고 다 함께 차차차

슬픔을 묻어 놓고 다 함께 차차차

차차차!

차차차!

잊자 잊자 오늘만은 미련을 버리자

울지 말고 그래 그렇게

다 함께 차차차

– 설운도, 〈다 함께 차차차〉 중에서

어짜피가 맞는 말이라면 설운도 씨의 노래 제목도 라임에 맞춰 "다 함께 짜짜짜"로 바꾸어야 할 것입니다. 하지만 울지 말라고 해놓고서는 다 함께 짜짜짜라니. 아무래도 앞뒤가 맞지 않아 보이네요. 역시 어차피로 써줘야 자연스럽게 차차차가 뒤따라오면서 운도 형아랑 주거니 받거니 차차차! 차차차! 할 수 있겠지요.

세대 차이가 나서 무슨 말인지 못 알아듣겠다는 분들을 위해 다소 어렵기는 하지만 두어 번만 읽어 보면 이해할 수 있는 설명도 하나 준비했습니다. 어차피는 무려 한자어입니다. 어조사 어於, 이 차此, 저 피彼 자를 쓰지요. 피차 마찬가지이다, 할 때의 피차와 같은 한자입니다. 피차가 피짜가 아니듯 어차피도 어짜피가 아니겠지요.

저는 점점 늙어 가는 처지라 그런지 딱딱한 한자어보다는 다 함께 차차차가 가슴에 확! 와 닿는데 여러분은 어떠실는지 모르겠네요. 어차피 어차피에 대한 설명인 것은 피차 마찬가지이니 본인이 편한 쪽으로 선택하여 공부하시면 되겠습니다. 놀지 말고 그래 그렇게, 다 함께 차차차!

어차피
〔어차피〕

이렇게 하든지 저렇게 하든지. 또는 이렇게 되든지 저렇게 되든지.
〔비슷한 말〕 어차어피·어차어끼에.

• 어차피 죽을 바엔 밥이라도 배불리 먹고 싶다.
• 이번 생은 어차피 망했어.
• 인세 받아 봐야 어차피 술이나 먹을 텐데.

07

부라리다와
불알이다

공자께서 말씀하시길, 신체발부수지부모 불감훼상효지시
야身體髮膚受之父母 不敢毀傷孝之始也라 하셨습니다. 부모로
부터 물려받은 신체의 터럭과 살갗을 소중히 여기는 것이
효도의 시작이라는 뜻이지요. 우리 몸의 어느 한 부분 중
요하지 않은 곳이 없겠지만 그중에서도 귀히 여겨야 할 곳
은 거시기 뭐라고 해야 되나, 그러니까 그 거시기가 아닐
까 싶습니다.

그런데 화가 났을 때 눈을 부라리는 대신 불알이는 남사스
러운 실수를 저지르는 분들이 간혹 계십니다. 불알은 그렇
게 쉽게 드러낼 수 있는 성질의 것이 아님을 저보다도 여
러분이 더 잘 알고 계실 겁니다. 무엇과도 비할 수 없을 만
치 보배로운 그것, 고이 넣어 두셨다가 중요한 순간에 꺼
내심이 어떨는지요.

사족입니다만, 곧추서다를 고추서다라고 쓰는 분도 더러
계시더라고요. 에, 그러니까… 그 고추가 곧잘 곧추서는
것은 알겠습니다만…. 워워, 엄마 얼굴 생각해.

부라리다
〔부라리다〕

눈을 크게 뜨고 눈망울을 사납게 굴리다.

• 그는 눈알을 부라리며 대들었다.

• 얻다 대고 눈알을 부라려?

불알
〔불알〕

모… 몰라요!

08

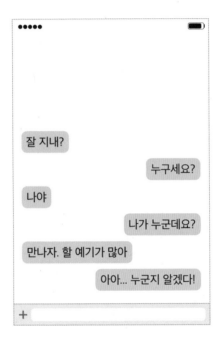

잘 지내?

누구세요?

나야

나가 누군데요?

만나자. 할 예기가 많아

아아... 누군지 알겠다!

얘기와
예기

며칠 전, 모르는 번호로 문자가 왔습니다. 누구시냐 묻자 다짜고짜 할 '예기'가 많으니 만나자고 하더군요. 저는 문자의 주인공이 누구인지 단번에 알아챘습니다. 그는 바로, 얘기를 예기라고 써서 저의 신경을 거슬리게 했던 구남친이었습니다.

"얘기는 이야기가 줄어든 말이야. 예기가 맞는 말이 되려면 이야기가 아니라 이여기라고 해야겠지. 그러니까 이야기는 얘기고 얘기는 이야기라고, 응?!"

아무리 설명해 줘도 고쳐지지 않았습니다. 그로부터 4년이 지난 지금까지도 여전하더군요. 그래요. 그까짓 맞춤법이 뭐 그리 대수랍니까. 오래간만에 옛사랑의 얼굴을 보니 그저 좋습디다! 우리는 그동안 하지 못했던 말들을 앞다투어 쏟아 냈습니다. 이야기는 얘기가 되고, 얘기는 또 이야기가 되어 밤늦도록 끊일 줄 몰랐습니다.

만약, 이 글을 읽고도 얘기와 예기를 구분하는 것이 어렵다면 애써 이해하려 하지 마세요. 그냥 얘기하고픈 사람에게 찾아가 할 얘기가 있어서 왔노라 이야기하세요.

이야기
❶ 어떤 사물이나 사실, 현상에 대하여 일정한 줄거리를 가지고 하는 말이나 글.
- 결혼 이야기가 오고 가다.
- 이야기를 나누다.

❷ 자신이 경험한 지난 일이나 마음속에 있는 생각을 남에게 일러 주는 말.
- 화부터 내지 말고 내 이야기를 좀 들어 봐.

❸ 어떤 사실에 관하여, 또는 있지 않은 일을 사실처럼 꾸며 재미있게 하는 말.
〔비슷한 말〕 구담(口談)
- 세종대왕님이 무덤에서 벌떡 일어나실 이야기
- 황당무계한 이야기

❹ 소문이나 평판.
- 잘생기셨다는 이야기는 많이 들었는데 만나 보니 정말 그렇네요.

❺ 사실 또는 작가의 상상력에 바탕을 두고 허구적으로 이야기를 꾸며 나간 산문체의 문학 양식.
〔같은 말〕 소설(小說)

얘기
이야기의 준말.

09

연애

연예

연애와
연예

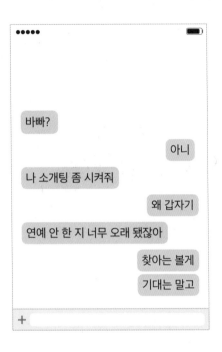

바빠?

아니

나 소개팅 좀 시켜줘

왜 갑자기

연예 안 한 지 너무 오래 됐잖아

찾아는 볼게

기대는 말고

여자 사람 친구의 반응이 어쩐지 냉랭합니다. 연애를 연예라고 쓰는 남자를 친구에게 소개해 주고 싶을 리 없을 테니까요.

연애의 **애**는 사랑 애愛 자를 써서 남녀가 서로 사랑하는 것을 뜻하고요. 연예의 **예**는 재주 예藝 자를 써서 대중 앞에서 재주를 펼치는 것을 뜻합니다. 보통 애인을 만나 사랑을 하지 쇼를 하지는 않으므로 연애라고 쓰는 것이 옳겠습니다.

나는 한자고 뭐고 모르겠다 하시는 분들을 위해 지극히 한국적인 방법도 하나 알려 드리겠습니다. 연애와 연예를 소리 내어 천천히 읽어 보세요.* 연애는 여내지만 연예는 여니이에에에에잖아요. 외로움에 몸서리치며 여니이에에에 하고 싶다, 라고 말하면 좀 웃기지 않을까요.

저만 웃긴가요.

* 한글 맞춤법 제1항 : 한글 맞춤법은 표준어를 소리대로 적되, 어법에 맞도록 함을 원칙으로 한다.

연애
〔어·내〕

남녀가 서로 그리워하고 사랑함.

• 언애 감정 / 연애 관계 / 여애결혼
• 내가 좋아하는 그녀는 우리 회사 김 대리와 연애 중이다.

연예
〔여:녜〕

대중 앞에서 음악, 무용, 만담, 마술, 쇼 따위를 공연함. 또는 그런 재주.

• 연예 활동 / 연예부 기자
• 섹션TV 연예 통신

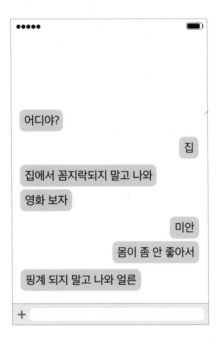

10

어디야?

집

집에서 꼼지락되지 말고 나와

영화 보자

미안

몸이 좀 안 좋아서

핑계 되지 말고 나와 얼른

대다와
되다

대다를 되다라고 쓰는 사람이 세상에서 제일 싫어. 아, 정말이지 너무 싫어서 어쩔 줄을 모르겠어. 다른 건 평정을 잃지 않고 설명할 수 있지만 이건 도저히, 도저히 참을 수가 없어. 이거야말로 발암 맞춤법이야.

한 썸남이 나에게 말했어. 집에서 꼼지락되지 말고 나와서 같이 영화나 보자고. 아니, 되긴 뭐가 된다는 거야. 내가 꼼지락이 된다는 거야 뭐야. 험한 꼴 보기 전에 이쯤에서 끝내야겠다 싶어서 몸이 안 좋다고 대충 둘러댔더니만 핑계되지 말고 빨리 나오라는 거야. 아니, 그러니까 도대체 되긴 뭐가 되냐고. 내가 핑계가 되는 거야? 그게 뭐냐고오!

여러분… 여러분도 그래요? 입술을 오- 이렇게 오므리고 꼼지락된다고 말해요? 핑계 댄다고 안 그러고 진짜 오- 하면서 핑계 된다고 말한다고? 정말이야? 진짜 오- 한다고? 그럼 그렇게 쓰세요…. 난 몰라….

함께 알기

'대다'를 쓰기 헷갈리면 '거리다'로 바꿔 써보세요. 이때 '거리다'는 꼭 앞말과 붙여 쓰셔야 합니다. 까불대다, 반짝대다, 구시렁대다, 방실대다 등은 모두 '거리다'로 바꿔 써도 이상하지 않죠?

대다

❶ 정해진 시간에 닿거나 맞추다.

• 그 시간까지 차를 집 앞에 댈 수 있겠어?

❷ 이유나 구실을 들어 보이다.

• 나는 굳이 네게 핑계를 대고 싶지 않다.

• 네가 그때 왜 그런 행동을 했는지를 나에게 대라.

❸ 어떤 사실을 드러내어 말하다.

• 아무리 고문을 해도 독립군의 명단을 댈 수는 없다.

• 어디서 누구를 만났는지 낱낱이 대라.

❹ 접사로 사용.

〔같은 말〕 거리다.

• 까불대다.

• 반짝대다.

• 방실대다.

• 출렁대다.

11

영화 보기 싫어?

그럼 맛있는 거 먹으로 갈까?

아님 쇼핑하로 갈래?

미안 다음에

도대체 다음이 언제야?

됐어

그럼 나 혼자 산책이나
하로 갈래

러와

로

아, 맞다. 나 싫은 거 하나 더 있어. 왜 자꾸 러를 로라고 하는 거예요? 귀여운 척하는 거야 뭐야? 아니, 소리 내서 발음을 해보라고 발음을. 어- 하면서 먹으러 가자, 쇼핑하러 가자, 산책하러 가자고 하지 않아요? 오- 이렇게 입술을 오므리면서 먹으로 가자, 쇼핑하로 가자, 산책하로 가자고 하면 막 토가 나올 것 같은데 나는? 내가 예민해? 내가 예민하냐고!

-러   가거나 오거나 하는 동작의 목적을 나타내는 연결 어미.

- 영화 보러 가자.
- 한판 하러 가자.

-로   ❶ 움직임의 방향을 나타내는 격 조사.
〔로〕
- 어디로 갈까? / 홍대로 와!

❷ 움직임의 경로를 나타내는 격 조사.

- 바람이 나뭇가지 사이로 빠져나간다.

❸ 변화의 결과를 나타내는 격 조사.

- 마침내 노처녀로 낙인찍혔다.

❹ 어떤 물건의 재료나 원료를 나타내는 격 조사.

- 나무로 집을 짓는다.

❺ 어떤 일의 수단·도구를 나타내는 격 조사.

- 머리 쓰지 말고 그냥 계산기로 해.

❻ 어떤 일의 방법이나 방식을 나타내는 격 조사.

- 달걀을 낱개로도 판다.
- 종로3가에서는 소주를 잔술로 판다.

❼ 어떤 일의 원인이나 이유를 나타내는 격 조사.

- 이번 겨울에는 감기로 고생했다.
- 작은 실수로 말미암아 큰 사고가 났다.
- 너의 일방적인 이별 통보로 충격을 받았어.

❽ 지위나 신분 또는 자격을 나타내는 격 조사.

- 그는 금수저로 태어났다.

❾ 시간을 나타내는 격 조사.

- 오늘 이후로 술을 끊겠다.

12

국어 선생님 코스프레 해볼게요.

이거 모르는 사람 없지? 그럼 넘어간다.

왜
〔왜:〕

❶ 무슨 까닭으로. 또는 어째서.

• 왜 갑자기 친절하게 구는 거죠? 돈이 필요한가요?

• 올 시간이 넘었는데 왜 안 올까?

• 눈물은 왜 짤까?

❷ 어떤 사실에 대하여 확인을 요구할 때 쓰는 말.

• 왜, 거 있잖아.

• 왜, 그 사람 술만 먹으면 말이 많아지잖아.

외
〔외:/웨:〕

❶ 〈역사〉 시문(詩文)을 평가하는 등급의 맨 꼴찌.

❷ 일정한 범위나 한계를 벗어남을 나타내는 말.

• 필기도구 외에는 모두 책상 위에서 치우시오.

• 병실에 가족 외의 사람은 출입을 제한합니다.

• 시간 외 근무 수당

• 그녀 외 접근 금지

STEP 2

13

왜 그런지 모르게 → 왜 그런지 → 왜인지 → 왠지

왠지와
웬지

왜는 외가 아니라 왜라고 써야 한다는 것을 얼렁뚱땅 알아본 김에 왜와 밀접한 관련을 가지고 있는 왠지에 대해서도 공부해 볼까요? 왠지는 **왜인지**가 줄어든 말입니다. 왜인지는 **왜 그런지 모르게**의 뜻을 가지고 있고요. 그러므로 왼지나 웬지가 아닌 왠지로 써주셔야 하겠습니다.

왠이라는 글자가 왠지 낯설게 느껴지시나요? 그럴 만도 합니다. **왠은 왠지를 제외한 다른 경우에는 절대로 쓰일 일이 없기 때문**이지요. 아무래도 여느 글자들에 비해 눈에 덜 익어 선뜻 쓰기는 어렵겠지만 왠지는 왜인지가 줄어든 말이다! 생각하시면서 왠과 친해지도록 노력해 보세요.

함께 알기

그렇다면 웬은 언제 쓰느냐! **왠지**만 왠이고 나머지는 모조리 웬이라고 생각하시면 됩니다. **웬일, 웬걸, 웬만큼, 웬만치, 웬만히, 웬만하면,** 이게 **웬 날벼락**이야처럼 말이지요.

왠지 왜 그런지 모르게. 또는 뚜렷한 이유도 없이.

- 그 이야기를 듣자 왠지 불길한 예감이 들었다.
- 아내는 왠지 달갑지 않은 표정이다.
- 너, 오늘따라 왠지 멋있어 보인다?

웬지 '왠지(왜 그런지 모르게)'의 잘못.

웬 ❶ 어찌 된.
〔웬ː〕
- 웬 영문인지 모른다.
- 웬 까닭인지 몰라 어리둥절하다.
- 웬 걱정이 그리 많아?

❷ 어떠한.

- 거울 속에 웬 못난이가!
- 웬 놈이야, 떠드는 놈이?

14

오늘 저녁 같이 먹을까?

미안

않돼?

갑자기 회식 잡혀서

술 적당히 마셔
저번처럼 속 버리지 안게

안과 않을 구분해서 쓰지 않는 분들이 많은 것으로 압니다. 안 어려운데 자꾸만 어렵다고 생각하고 대충 넘기려 하니 제대로 써지질 않겠지요. 자꾸 안 된다고만 하지 마시고 이번 기회에 제대로 알고 넘어가면 앞으로는 틀리지 않게 쓸 수 있습니다.

이것만 기억하세요. **안**은 **아니**가 줄어든 말입니다. **않**은 **아니하**가 줄어든 말이고요. 안이 들어갈 자리에 아니를, 않이 들어갈 자리에 아니하를 넣어서 말이 된다면 제대로 쓴 것입니다. 확인해 볼까요?

안과 않을 구분해서 쓰지 **아니하**는 분들이 많은 것으로 압니다. **아니** 어려운데 자꾸만 어렵다고 생각하고 대충 넘기려 하니 제대로 써지질 **아니하**겠지요. 자꾸 **아니** 된다고만 하지 마시고 이번 기회에 제대로 알고 넘어가면 앞으로는 틀리지 **아니하**게 쓸 수 있습니다.

어때요, 참 쉽죠?

안 부정이나 반대의 뜻을 나타내는 '아니'의 준말.

- 안 벌고 안 쓰며 살 거야.
- 비가 안 온다.
- 이제 다시는 그 사람을 안 만날 거야.

않(다) ❶ 어떤 행동을 안 하다.
〔안(타)〕
- 그는 말도 않고 떠났다.
- 연애는 않고 무얼 하느냐?

❷ 앞말이 뜻하는 행동을 부정하는 뜻을 나타내는 말.

- 가지 않다.
- 책을 보지 않다.
- 그는 이유도 묻지 않고 돈을 빌려주었다.
- 입맛이 없어 밥을 먹지 않았다.

❸ 앞말이 뜻하는 상태를 부정하는 뜻을 나타내는 말.

- 예쁘지 않다.
- 옳지 않아.
- 사는 게 생각만큼 녹록지 않다.

15

사 슴

가 슴

너 때문에 냉가슴

있슴

있음과
있슴

내가 직장 생활할 때 진짜 싫어하던 상사가 한 명 있었음. 일은 지지리도 못하면서 남 지적하기만 좋아하는 사람이었음. 성질 같아서는 귀싸대기 백 번 날리고 퇴사하고 싶었지만 목구멍이 포도청인지라 꾹 참고 비위를 맞춰 줬음. 하지만 시간이 지날수록 말 섞기 싫은 것은 물론이고 같은 공간에 있는 것조차 견디기 힘들어졌음.

그러던 어느 날이었음. 그 상사가 업무 지시 사항이 가득 적힌 종이를 나에게 내밀었음. 정확히 말하자면 자기가 할 일을 나에게 미루는 것이었음. 짜증을 가까스로 억누르고 종이에 적힌 글을 읽던 나는 터져 나오는 실소를 막을 수 없었음. 있음을 있슴이라고 써놓았기 때문이었음. 설마, 실수겠지 했는데 없음도 없슴이라고 쓴 것 아니겠음?

그날 이후, 그 상사가 나의 사소한 행동을 지적할 때마다 자기는 있슴이라고 쓰는 주제에, 하면서 속으로 개무시를 했음. 나는 직장을 그만둘 때까지 있음이 옳은 말이라는 걸 알려주지 않았음. 여러 사람에게 두루두루 망신당해 보라는 나의 소심한 복수였음. 우연이라도 그 상사가 이 글을 읽지 않기를 바라고 있음. 평생을 슴슴거리며 살았으면 좋겠음.

-음   '르'을 제외한 받침이 있는 용언의 어간이나 어미
'-었-', '-겠-' 뒤에 붙어 그 말이 명사 구실을 하
게 하는 어미.

- 찾음과 잃음 / 많음과 적음
- 이제 너 관심 없음
- 내 남친 너무 멋있음
- 오늘, 야구 경기 하지 않음
- 위 내용, 사실과 틀림없음
- ○월 ○일, 종합 진찰을 받음
- 나는 그가 노력하고 있음을 잘 알고 있다.

슴   '-습니까'의 방언(함경).
'-습니다'의 방언(함경).

16

우리 이러지 말고
그냥 사길까?

사귀자고?

너랑? 나랑?

정식으로 고백할께

이제 친구가 아닌
연인이 되보자

나랑 사겨죠!

맞춤법 공부나 더 하고 와
미친놈아

사귀어와
사겨

개인적인 의견입니다만, 사귀어 달라는 말은 사어死語에 가까운 것이 아닐까 싶습니다. 제가 근 십 년 동안 한 번도 들어보지 못했다는 게 첫 번째 이유고요, 큽…. 제아무리 연애를 많이 해 보신 분이라 하더라도 "나랑 사귀어 줘!"라는 국어사전적인 고백을 들어 본 일은 없을 거라는 게 두 번째 이유입니다. 보통, 사겨 달라고 하지 사귀어 달라고 하지는 않으니까요.

그러나 국립국어원에 따르면 사귀어는 사겨로 줄여 쓰거나 말할 수 없다고 합니다. 굳이 줄이고 싶다면 사구ㅕ라고 해야 하는데 어? 이거 뭐야, 안 써져! 그렇습니다. 한글에는 이러한 표기가 존재하지 않는다고 합니다. 이 사실을 받아들일 수 없었던 한 누리꾼이 "국립국어원 직원들은 '사귀어'라고 발음하십니까!" 흥분하며 던진 질문에는 묵묵부답이시더라고요.

사귀어라고 쓰라니까 쓰기는 쓰겠는데 그 누구도 사귀어라고 말하지는 않으니 이것이 사어가 아니면 또 무엇이란 말인지. 이참에 국어사전에서 사귀다라는 말을 삭제했으면 좋겠습니다. 그리하여 아무도 사귀어 달라는 말을 하지 않았으면 좋겠습니다. 그 결과로 어느 누구도 사귀지 않았으면 좋겠습니다. 나 혼자 외로우면 배 아프니까 다 같이 외로웠으면 좋겠습니다.

같은 이유로 바껴 역시 틀린 말입니다. 바뀌어로 쓰셔야
합니다.

사귀다   서로 얼굴을 익히고 친하게 지내다.

- 이웃과 사귀다.
- 친구를 사귀다.
- 애인을 사귀다.
- 지드래곤은 왜 나랑 사귀어 주지 않는 걸까?

17

친구들아 군대 가면 편지 꼭 해다오
그대들과 즐거웠던 날들을 잊지 않게
열차 시간 다가올 때 두 손 잡던 뜨거움
기적 소리 멀어지면 작아지는 모습들
이제 다시 시작이다 젊은 날의 꿈이여

- 김광석, ⟨이등병의 편지⟩ 중에서

던과
든

남자가 군대 이야기를 꺼내려고 폼만 잡아도 질색을 하던 저는 〈이등병의 편지〉라는 노래를 듣고 난 후로 마음을 고쳐먹었습니다. 여러분이 농지거리처럼 늘어놓던 그 시절의 이야기 속에 사실은 저런 마음이 숨겨져 있었던 거잖아요. 수고했습니다. 고생 많았어요. 이제는 유격, 행군은 물론이요, 혹한기 얘기도 잘 들어 드릴게요. 단, 이것만 주의해 주신다면요.

군대를 포함한 **과거의 이야기**를 하실 때는 '던'을 사용해 주세요. 김광석 씨가 즐거웠던 날들을 잊지 않게라든지 두 손 잡던 뜨거움이라고 노래를 부르셨던 것처럼요. '내무반에 코 뒤지게 골**던** 새끼가 있었는데', 'PT체조 할 때 마지막 구호 붙이**던** 새끼 진짜 죽여 버리고 싶었는데' 따위로 활용하시면 되겠습니다.
'던'과 자주 헷갈리는 '든'은 고만고만해서 **이걸 선택하든 저걸 선택하든 별 차이가 없는 것들을 나열할 때** 쓰입니다. '일병이**든** 병장이**든** 다 똑같은 군바리다', '군인은 아줌마**든** 할머니**든** 치마만 두르면 다 좋아한다'처럼요.

그래도 던과 든이 헷갈린다면 그때 그 시절을 떠올리며 〈이등병의 편지〉를 불러 보세요. 가사를 음미하며 노래를 부르다 보면 마음속에 시나브로 새겨지게 될 거예요.

-던 · 앞말이 관형어 구실을 하게 하고 어떤 일이 과거에 완료되지 않고 중단되었다는 미완(未完)의 의미를 나타내는 어미.

- 네가 쓰던 칫솔
- 변하지 않을 줄만 알았던 마음
- 혼자서도 했던 일을 둘이서 못 하겠니?

-든 ❶ 나열된 동작이나 상태, 대상들 중에서 어느 것이든 선택될 수 있음을 나타내는 연결 어미 '-든지'의 준말.

❷ 실제로 일어날 수 있는 여러 가지 중에서 어느 것이 일어나도 뒤 절의 내용이 성립하는 데 아무런 상관이 없음을 나타내는 연결 어미 '-든지'의 준말.

- 노래를 부르든 춤을 추든, 한 가지는 해야 한다.
- 남이야 싫든 좋든 무슨 상관이니?
- 어디에 살든 나를 잊지는 마.

18

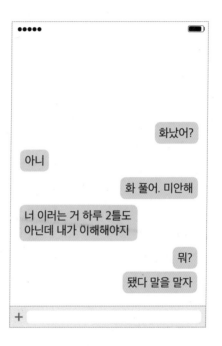

이틀과
2틀

거두절미하고 말씀드리겠습니다. **2틀이 아니라 이틀입니다.** 2틀이라고 써도 이틀이라고 발음이 되니 뜻이야 통하겠지요. 하지만 하루는, 하루는 어떻게 해요. 이틀이 2틀이면 하루도 1루가 되어야 하는데 하루를 일루라고 할 수는 없잖아요.

왕년에 한 놈, 두시기, 석 삼, 너구리, 오징어, 육개장, 칠면조, 팔보채, 구봉서, 십장생까지 외우셨던 분들이니 하루, 이틀, 사흘, 나흘, 닷새, 엿새, 이레, 여드레, 아흐레, 열흘정도 외우는 건 일도 아닐 거라 믿습니다.

휴대전화 자판을 숫자로 바꿔 가면서까지 2틀이라고 쓰는것도 영 귀찮은 일이고 하니 웬만하면 숫자 아닌 한글로이틀이라고 씁시다, 거.

함께 알기

문제를 하나 내겠습니다. 사흘은 며칠을 뜻하는 말일까요? 4일이라고 한 사람 엎드려뻗쳐. 정답은 3일입니다. 위로올라가서 본문 다시 한번 읽고 넘어가도록 합시다.

이틀

❶ 하루가 두 번 있는 시간의 길이.

- 이틀을 꼬박 굶었다.
- 이틀에 한 번은 좀 씻어라.
- 벌써 이틀째 연락이 없네.

❷ 매달 초하룻날부터 헤아려 둘째 되는 날.

〔같은 말〕 초이튿날

사흘

❶ 세 날.

- 비는 사흘 동안 계속되었다.
- 만난 지 사흘 만에 그와 헤어졌다.

❷ 초사흗날.

19

『며칠과 몇일』 이대로 조흔가

연애에 해롭다

요즈음 며칠을 몇일이라 쓰는 자가 적지 안흔 모양입니다. 며칠은 몇에 일日이 더해진 단어가 아닛, 순우리말 며츨에서 유래한 것이기에 몇일이라 써서는 절대로 안 되는 법입니다. 며칠이 올습니다.

모던껄과의 자유연애를 원한다면 모던뽀이가 되어야 하는 법. 라팔바지나 주릿대 양복을 닙고 맵시를 뽐내는 것도 좋지만은 솔선수범하여 모던덕 언어를 사용하는 것이야말로 모던뽀이로 향하는 첫 단추일 것입니다. 돈트 포게트! 닛지 마십시오. 며칠입니다.

며칠과 몇일

'몇일'이나 '몇 일'은 모두 틀린 표현입니다.

며칠로 써 주세요.

며칠 ❶ 그달의 몇째 되는 날.
- 오늘이 며칠이지?
- 아버지가 다음 달 이십 며칠에 온다고 하셨더라?
- 생일이 몇 월 며칠이니?

❷ 몇 날.
〔비슷한 말〕기일
- 그는 며칠 동안 아무 연락이 없었다.
- 이별 후 그는 뜬눈으로 며칠 밤을 지냈다.
- 이것은 아마도 내가 요 며칠, 몇 권 읽은 책의 영향인
  가 싶다.

며츨 〔옛말〕'며칠'의 옛말.

몇일 '며칠'의 잘못.

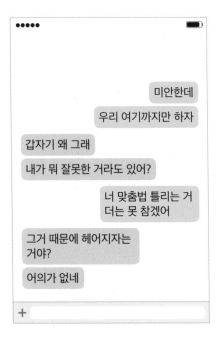

20

미안한데

우리 여기까지만 하자

갑자기 왜 그래

내가 뭐 잘못한 거라도 있어?

너 맞춤법 틀리는 거 더는 못 참겠어

그거 때문에 헤어지자는 거야?

어의가 없네

어이와
어의

어의는 임금이 입던 옷 또는 임금의 병을 치료하던 의원을 뜻합니다. 어의없다! 어의가 없구나! 어허, 어의가 없노라! 라고 하시면 의도치 않게 임금 코스프레를 하게 된다는 점을 유의하시면서 어이없다라고 써주시면 성은이 망극하옵니다.

함께 알기

'어이'와 '없다'는 꼭 붙여 써야 한다는 것도 잊지 마세요.

어이없다
〔어이업따〕

일이 너무 뜻밖이어서 기가 막히는 듯하다.
〔같은 말〕 어처구니없다.

- 약속 시간에 늦고도 큰소리를 치디니 어이없네.
- 나 말고 딴 남자를 만나다니, 어이없다 너.

어의
〔어ː의/어ː이〕

❶ 임금이 입던 옷.
〔비슷한 말〕 어복(御服)

❷ 〈역사〉 궁궐 내에서, 임금이나 왕족의 병을 치료하던 의원.
〔비슷한 말〕 태의(太醫)

21

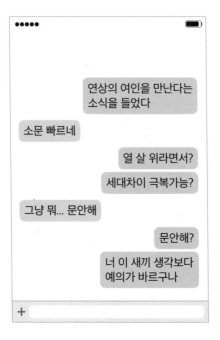

연상의 여인을 만난다는
소식을 들었다

소문 빠르네

열 살 위라면서?

세대차이 극복가능?

그냥 뭐... 문안해

문안해?

너 이 새끼 생각보다
예의가 바르구나

무난과
문안

문안은 물을 문問에 편안 안安 자를 써서 **웃어른께 안부를 여쭙는 것**을 뜻합니다. 여러분이 어머니뻘의 여인을 사귀고 있다면 조석으로 문안 인사를 드리는 것이 애인 된 연하남의 도리이겠습니다만, 여간해서는 애인에게 문안할 일이 없지 않을까 하는 것이 저의 생각입니다.

추측건대, 여러분이 하고 싶은 말은 무난일 것입니다. **무난**은 없을 무無에 어려울 난難 자를 써서 **어려움이나 단점, 흠잡을 만한 것이 없고 성격 따위가 무던한 것**을 뜻합니다.

무난과 문안의 발음이 같아서 헷갈릴 만도 합니다. 어렵지 않은 한자들로 이루어져 있으니 뜻을 가만히 생각해 보면 바르게 사용하실 수 있을 거라 믿어 의심치 않습니다.

실제로 연상의 여인을 만나고 있고 문안의 뜻을 정확하게 알고 있으며 이를 활용하여 애인에게 매일매일 문안하는 분이 계신다면 당신이야말로 동방예의지국의 진정한 건아이자 모든 여성의 로망입니다. 부디, 두 분의 연애 무난하길 진심으로 응원하며, 야! 부럽다!

무난하다
〔무난하다〕

❶ 별로 어려움이 없다.

- 도로 주행을 무난하게 통과했다.
- 하반기 목표 달성이 무난할 것으로 전망된다.

❷ 이렇다 할 단점이나 흠잡을 만한 것이 없다.

- 생긴 건 무난한데 목소리가 깨더라.
- 그 옷에는 이 모자가 무난하게 어울린다.

❸ 성격 따위가 까다롭지 않고 무던하다.

- 그는 성격이 무난해서 친구가 많다.
- 워낙 무난한 사람이라 웬만한 일에는 화를 내지 않아.
- 성격은 무난한데 일은 못하는 김 부장

문안하다
〔무ː난하다〕

웃어른께 안부를 여쭈다.
〔비슷한 말〕 배후하다.

- 아버지께 문안하다.
- 왕에게 문안하다.

22

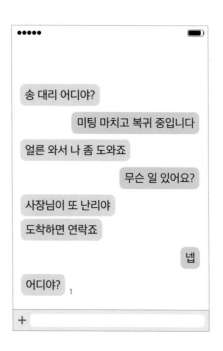

송 대리 어디야?

미팅 마치고 복귀 중입니다

얼른 와서 나 좀 도와죠

무슨 일 있어요?

사장님이 또 난리야

도착하면 연락죠

넵

어디야? 1

쥐를 죠라고 쓰는 것 정도야 애교로 봐줄 수 있습니다. 좋아하는 사람이 오늘 저녁에 같이 밥 먹어죠, 만나서 얼굴 좀 보여죠, 오는 길에 메로나 좀 사다죠, 하며 아양을 떨면 퍽 귀엽게 느껴지기도 하고요. 하지만 자꾸 죠죠거리다 보면 습관이 되어 그러지 말아야 할 상황에까지 죠죠 타령을 할 수 있겠죠. 직장 동료나 상사에게까지 끼를 부리는 사람으로 비추어지고 싶지 않다면 쥐라고 쓰는 것에 익숙해지셔야만 하겠습니다.

'몬데, 모야' 금지!
'뭔데, 뭐야'로 써죠♥

주다   (동사 뒤에서 '-어 주다' 구성으로 쓰여) 앞 동사의 행위가 다른 사람의 행위에 영향을 미침을 나타내는 말.

- 그는 친구의 숙제를 대신 해주었다.
- 나도 좀 끼워 줘.
- 책은 우편으로 보내 주십시오.

-죠   '-지요'의 준말.

- 그만 집에 가죠.
- 저녁 하늘이 참 붉죠?

23

洗 씻을 세
腦 골 뇌

세뇌와
쇠뇌

어머어머, 저 지금 알았어요! 세뇌는 씻을 세洗에 골 뇌腦 자를 쓴대요. 얼굴 세수하는 것처럼 뇌를 싸악 꺼내 가지고 깨끗하게 씻어 낸다니. 뇌가 백지장처럼 하얘지면 다른 생각 주입하기도 쉽고 말이야. 좀 끔찍하지만 진짜 귀여운 발상이다! 누가 이런 말을 다 만들어 냈을까요.

세뇌
〔세:뇌/세:뉘〕

사람이 본디 가지고 있던 의식을 다른 방향으로 바꾸게 하거나, 특정한 사상·주의를 따르도록 뇌리에 주입하는 일.

• 세뇌 교육 / 세뇌 공작 / 세뇌 작전 / 강제 세뇌
• 그는 적에게 세뇌를 당해 아군을 비난하였다.

쇠뇌
〔쇠뇌/쉐뉘〕

〈고적〉 쇠로 된 발사 장치가 달린 활. 여러 개의 화살을 연달아 쏘게 되어 있는 것으로, 주로 낙랑 무덤에서 나오고 있다.
〔비슷한 말〕 노(弩)·노기(弩機)·노포(弩砲)·연노(連弩)

• 화살과 쇠뇌

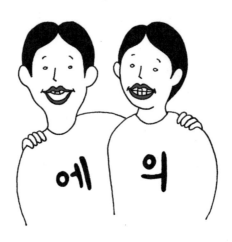

'의'를 '의'라고 제대로 발음하는 사람은 몇 없을 것입니다. 거의 모든 사람이 '에'라고 말하지요. (간혹 '으'로 발음하는 사람을 본 것도 같습니다그려.) 발음이 이렇다 보니 글을 쓸 때도 '의'를 써야 할 자리에 '에'를 쓰는 상황이 생기는 듯합니다.

에와 의가 헷갈릴 때는 고민하지 마시고 무조건 **의**를 넣어 보세요. 의를 넣었을 때 문장이 자연스럽다면 그대로 두시고 뭔가 이상하다 싶으면 에로 고쳐 쓰시면 됩니다. 예문을 하나 만들어 확인해 보도록 합시다.

> 이 **책의** 저자는 **맞춤법의** 대해서 뭘 알고나 우리를 가르치고 있는 것일까? **책의** 나와 있는 설명들이 그럴싸하긴 한데 어쩐지 믿음이 가질 않아서 자꾸만 **의심의** 눈초리를 보내게 된다. 맞춤법을 잘 지키면 **여자의** 마음을 사로잡을 수 있다는 **말의** 혹하긴 했지만 그렇고 그런 **상술의** 속아 넘어간 것은 아닌지 모르겠다.

어디가 이상한지 잘 모르겠다고요? 눈으로만 읽으면 그럴 수 있습니다. 귀찮겠지만 소리 내어 천천히 읽어 보세요. 분명 목구멍에 턱턱 걸리는 부분이 있을 것입니다. 그것들을 에로 고치면 읽기에 한결 자연스러워지지요. 다음 예문처럼 말입니다.

이 **책의** 저자는 **맞춤법에** 대해서 뭘 알고나 우리를 가르치고 있는 것일까? **책에** 나와 있는 설명들이 그럴싸하긴 한데 어쩐지 믿음이 가질 않아서 자꾸만 **의심의** 눈초리를 보내게 된다. 맞춤법을 잘 지키면 **여자의** 마음을 사로잡을 수 있다는 **말에** 혹하긴 했지만 그렇고 그런 **상술에** 속아 넘어간 것은 아닌지 모르겠다.

구분하기 어렵지 않죠? 이 방법이 절대적인 것은 아니지만 얼추 때려 맞히는 데는 도움이 될 것입니다. 이렇게 대충 말고 자세히 알려 달라고 물고 늘어지지는 마세요. 저와 여러분 모두에게 해롭습니다. 이런 제가 사기꾼 같은가요? 에헤이, 한국 사람끼리 왜 이래! 좋은 게 좋은 거지! 얼른 다음 페이지로 넘어가요, 얼른!

함께 알기

어물쩍 넘어가려니 어쩐지 찜찜한 기분이 드네요. 정확하게 알고자 하는 분들을 위해 골치 아픈 설명을 하나 추가합니다. 생각보다 어렵지는 않으니 찬찬히 읽어 보셔요.

○ 에의 뒤에는 서술어(움직임이나 상태를 나타내는 말)
가 옵니다.

　→ 금요일이면 이태원에 **간다**.

　→ 우리 저녁에 **만나자**.

　→ 너를 향한 그리움이 마음속에 **가득해**.

○ 의의 뒤에는 명사(이름을 나타내는 말)가 옵니다.

　→ 나의 **사랑**은 너야.

　→ 너의 **목소리**가 좋아.

　→ 우리의 **행복**을 위해.

STEP 3

25

잘 도착하셨어요?

지금 막 집에 들어왔어요

오늘 시간 내주셔서 감사해요

제가 더 감사하죠

혹시 다음 주 수요일
시간 어떠세요?

수요일은 좀 어렵고
금요일 저녁은 괜찮아요

넵! 그럼 금요일
저녁에 뵈요!

봬요와
뵈요

다른 건 둘째 치더라도 이것만은 정확히 알아 두셨으면 합니다. 다음 만남을 기약할 때마다 해야 하는 말인데 번번이 틀리면 그것만큼 창피스러운 일도 없을 테니까요. 이번에도 자세한 설명은 생략합니다. 요령만 알아 두세요.

봬요가 맞는지 뵈요가 맞는지 헷갈릴 때는 **봬 자리에 해를, 뵈 자리에 하를 넣어 보세요.** 그러니까 이런 식으로요.

> 그럼 금요일 저녁에 봬요. → 그럼 금요일 저녁에 해요.
> 그럼 금요일 저녁에 뵈요. → 그럼 금요일 저녁에 하요.

두 분이서 불타는 금요일 저녁에 만나 뭘 하려고 하시는 건지 순진한 저는 도무지 모르겠습니다만, 어휩! 어쨌거나 하요보다는 해요가 자연스러운 걸 보니 봬요가 맞는 말임이 확실해 보입니다. 뵐게요와 뵐게요를 구별하는 방법도 같습니다. 헬게요, 아니죠. 할게요, 맞습니다. 즉, 뵐게요가 바른 말이 되겠습니다.

그럼, 뭔지는 몰라도 하여튼지 간에 두 분, 잘 하시길 바라며 이만 총총!

돼와 되요도 마찬가지입니다. 돼 자리에 해를, 되 자리에 하를 넣어 보시면 돼요가 맞는 말이란 걸 쉽게 알 수 있습니다. 하는 김에 하나만 더 합시다. 됐어가 맞을까요, 됬어가 맞을까요. 두말하면 잔소리! 됐어!

뵈다
〔뵈ː다/뷈ː다〕

웃어른을 대하여 보다.

• 그분을 뵈면 돌아가신 아버님이 생각난다.
• 저희가 일을 제대로 못해서 사장님 뵐 낯이 없습니다.

26

고요와
구요

구요는 서울 촌놈들이 쓰는 서울 사투리입니다.
고요가 맞습니다, 맞고요.

어쩌구저쩌구도 틀린 말입니다.
어쩌고저쩌고가 맞습니다, 맞고요.

-고요 해요체의 종결 어미.
용언, '이다', '-았-' 뒤에 쓰임.

❶ (의문문에 쓰여) 물어보는 뜻을 나타낸다.

• 어머님도 안녕하시고요?

• 식사는 하셨고요?

❷ 서술된 내용 외에도 다른 내용이 있음을 시사하면서 말을 맺음을 나타낸다.

• 몸이 많이 가벼워졌어요. 기분도 좋고요.

• 방해가 된다면 다음에 다시 오고요.

• 오늘 경기는 훌륭했어요. 관중들의 응원도 좋았고요.

27

예요와
이에요

보세요, 여러분. 세계 최고의 검색 엔진이라는 구글도 맞춤법을 틀립니다. 응애예요가 바른 맞춤법임에도 불구하고 제멋대로 응애에요로 바꿔서 검색을 해주네요. 구글에 수정 요구 메일을 보낼까 하다가 여러분께 보여 드리고 싶어서 그냥 참았습니다.

응애처럼 **받침이 없는 말 뒤에는 예요가 옵니다.** 그러니까 아! 응애예요! 가 맞는 말이 되겠습니다. 이에요는 받침이 있는 말 뒤에 씁니다. 으아! 골이에요! 처럼 말이에요.
간혹 골이예요! 라고 쓰는 분이 계시기도 한데요. 예요는 이에요가 줄어든 말이기 때문에 골이예요! 를 풀어서 쓰면 골이이에요! 라는 이상한 형태가 되고야 맙니다. 이예요는 없는 말이라 생각하시고 머릿속에서 지워 버리세요. 단, "제 이름은 홍국이예요"는 허용합니다. 왜냐하면 '홍국+이예요'가 아니라 '홍국이+예요'이기 때문입니다.

어렵죠. 예, 어렵습니다. 하지만 포기하지 말고 자꾸 되뇌어 보세요. 아! 응애예요! 으아! 골이에요! 창피하다 생각 말고 계속 들이대세요. 아! 응애예요! 으아! 골이에요!

아니는 받침이 없긴 하지만 아니에요로 표기합니다. 그 이
유는 너무 복잡하여 차마 설명할 수가 없습니다. 그냥 그
러려니 하셔요.

-에요   ('이다'나 '아니다'의 어간 뒤에 붙어) 해요할 자리
에 쓰며, 설명·의문의 뜻을 나타내는 종결 어미.

- 그건 내가 한 게 아니에요.
- 내가 사랑하는 사람이에요.

28

그러지 말고 만나 봐

어차피 엄마 맘대로
할 거면서 왜 물어봐?

키 크대

얼굴도 잘생겼대

누가 그래?

그 남자네 엄마가

헐

데와
대

저는 부모님의 강요로 종종 선을 보곤 합니다. 엄마는 매번 키 크대, 잘생겼대, 하며 호들갑을 떨지만 저는 그 말을 믿지 않습니다. 엄마가 그 남자를 직접 만나고 와서 하는 말이 아니라 그 남자의 부모님이 하는 말을 저에게 전달하는 것뿐이기 때문입니다. 이렇게 다른 사람을 통해서 알게 된 사실을 이야기할 때는 대를 씁니다. **대는 '다고 해'가 줄어든 말**입니다.

선 자리에 나가면 엄마가 말한 사람과는 전혀 다른 사람이 나와 앉아 있습니다. 그래도 어르신들 체면을 생각해서 최대한 예의 있게 퇴짜를 놓고 집으로 돌아옵니다. 궁금해 죽는 엄마에게 제가 보고 느낀 그대로를 말합니다. "그 남자 키 엄청 작데", "진짜 못생겼데"라고요. 이렇게 본인이 직접 경험한 것을 이야기할 때는 데를 씁니다. **데는 '더라' 와 같은 의미**를 지니고 있습니다.

"네까짓 게 뭐가 그렇게 잘나서 선보는 족족 깽판을 놓고 지랄이야 지랄이! 남들은 결혼해서 애 낳고 잘만 사는데 너는 어떻게 된 애가 남자 하나 못 만나서 그 나이 먹도록 그러고 있어. 자식새끼 낳아 봤자 다 소용없어. 부모 위할 줄을 몰라아아아아!" 하는 엄마의 잔소리를 들으면 비로소 맞선 한판이 끝나게 됩니다.

부모님에게 괴롭힘을 당하는 자신을 늘 딱하게 여겨 온 저였지만, 이제 와 생각해 보니 저랑 선본 남자들이 더 불쌍한 것 같습니다. 저 같은 미친년이랑 선을 보다니요.

○○ 농협 호빗남, △△ 제약 치열 엉망남, □□ 방송국 깔창남, ☆☆ 공사 민머리남, 만리포 깡패남에게 이 자리를 빌려 사과의 말씀 전합니다. 모두 진심으로 미안해요!

-데	과거 어느 때에 직접 경험하여 알게 된 사실을 현재의 말하는 장면에 그대로 옮겨 와서 말함을 나타내는 종결 어미.

-대	❶ 어떤 사실을 주어진 것으로 치고 그 사실에 대한 의문을 나타내는 종결 어미. 놀라거나 못마땅하게 여기는 뜻이 섞여 있다.

- 왜 이렇게 일이 많대?
- 민호는 어쩜 이렇게 잘생겼대?
- 입춘이 지났는데 왜 이렇게 춥대?

❷ '-다고 해'가 줄어든 말.

- 사람이 아주 똑똑하대.
- 철수도 오겠대?

29

시월과
십월

10월을 십월이라 하지 않고 시월이라 하는 이유는 십월보다 시월이라 발음하는 것이 수월하기 때문입니다.*

십월, 십월, 십월하고 반복해서 읽어 보세요. 말하기에 불편하기도 하거니와 왠지 거북하게 느껴지지 않나요? 십월, 시뤌, 시뷔얼.

함께 알기

같은 이유로 육월이 아닌 유월로, 오륙월이 아닌 오뉴월로 표기합니다.

* 활음조: 한 단어의 내부에서 또는 두 단어가 연속될 때에 인접한 음소들 사이에 일어나는 변화로 모음조화나 자음동화, 모음 충돌을 피하기 위한 매개 자음의 삽입 따위가 있다.

시월   한 해 열두 달 가운데 열째 달.

- 시월은 참 쓸쓸한 달이야.
- 시월 하순의 냉기

내 프로필 사진 어때?

예쁜데?

아니, 뭔가 좀 달라 보이지 않아?

머리가 틀려 보이기도 하고

얼굴이 틀려 보이기도 하고

어떻게 그런 말을 할 수가 있어?

내가 뭘?

다르다와 틀리다

다르다와 틀리다는 분명 다른 뜻을 지니고 있습니다. 그럼에도 두 단어를 혼동하여 다르다고 해야 할 상황에 틀리다고 말씀하시는 분들이 계십니다. **다르다의 반대말은 같다, 틀리다의 반대말은 맞다**라는 걸 생각해 본다면 두 단어의 차이점을 알 수 있으실 겁니다.

머리로는 알겠는데 가슴으로는 받아들여지질 않는 분들을 위해 꼼수를 하나 알려 드리겠습니다. 틀리다는 말을 써도 되는지 의심스러운 상황이라면 틀리다 뒤에 먹다를 붙여서 틀려먹다라고 말해 보세요. 본인의 의도가 그대로 전달된다면 제대로 쓴 것이고 뭔가 비꼬는 것처럼 느껴진다면 다르다로 바꾸어 쓰셔야 합니다.

당신의 애인이 오늘따라 예뻐 보입니다. 머리를 자른 것 같기도 하고 새 옷을 산 것 같기도 하고 날씬해진 것 같기도 한데 당최 어디가 바뀌었는지는 잘 모르겠습니다. 애인을 칭찬해 주고 싶은 당신, 너 오늘 달라 보인다고 하시겠습니까 아니면 너 오늘 틀려먹었다고 하시겠습니까. 선택은 당신에게 맡기겠습니다.

다르다 ❶ 비교가 되는 두 대상이 서로 같지 아니하다.

- 나는 너와 다르다.

- 나이가 드니까 몸이 예전과 다르다.

- 하루가 다르게 추워진다.

❷ 보통의 것보다 두드러진 데가 있다.

- 역시 네 방귀 냄새는 깊이가 달라.

틀리다 ❶ 셈이나 사실 따위가 그르게 되거나 어긋나다.

- 계산이 틀리다.

- 이렇게 쉬운 맞춤법도 틀리다니, 이 멍청한 녀석!

❷ 바라거나 하려는 일이 순조롭게 되지 못하다.

- 칼퇴는 틀린 것 같다.

- 그는 새벽 다섯 시가 되자 잠자기는 다 틀렸다면서 라디오를 켰다.

❸ 마음이나 행동 따위가 올바르지 못하고 비뚤어지다.

- 그는 인간이 틀렸어.

- 그 사람은 외모는 출중한데 성격이 틀렸어.

틀려먹다 틀리다를 속되게 이르는 말.
〔틀려먹따〕

- 그가 이제 회복되기는 틀려먹었다.

- 그 사람은 근본부터가 틀려먹었다.

- 너 이제 사람 구실을 하기는 틀려먹은 것 같구나.

31

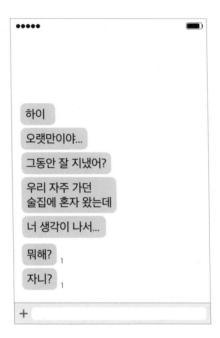

하이

오랫만이야...

그동안 잘 지냈어?

우리 자주 가던
술집에 혼자 왔는데

너 생각이 나서...

뭐해? 1

자니? 1

오랜만과
오랫만

구남친들은 왜 새벽 두 시만 되면 연락을 하는 것일까요. 자고 있을 걸 알면서 자냐고 물어보는 것은 또 왜일까요. 게다가 오랜만도 아니고 오랫만이라고 하는 이유는 도대체 무엇일까요. 진짜 왜 그러는 거예요, 예? 말씀을 좀 해 보세요. 내가 궁금해서 그래.

아무래도 '오랫동안'이라는 단어 때문인 것 같습니다. **오랫동안은 오래와 동안이 합쳐진 말**입니다. 여기에 뭣 같은 사이시옷*이 끼어들어 오랫동안이라는 단어가 탄생하게 된 것이지요. 그러나 **오랜만은 오래간만이 줄어든 말**이기 때문에 사이시옷이고 뭐고 필요 없이 그냥 오랜만이라고 쓰시면 됩니다.

오래간만에 안부를 묻는 옛 연인이 싫지만은 않은 것이 사실입니다. 하지만 제 감정에 취한 새벽 두 시보다는 진지함이 묻어 있는 오후 일곱 시의 연락이라면 더욱 좋을 것 같습니다. 지금 혹시 몇 시쯤 되었나요? 너무 늦은 시간이 아니라면 그리운 사람에게 문자 한번 보내 보세요. 오랫동안 망설이다 연락했다고, 오랜만에 같이 저녁이나 먹자고 말이에요.

* 사이시옷: 한글 맞춤법에서 사잇소리 현상이 나타났을 때 쓰는 ㅅ의 이름.

오랜만
〔오랜만〕

'오래간만(어떤 일이 있은 때로부터 긴 시간이 지난 뒤)'의 준말.

- 오랜만에 친구들을 만나니 반가웠다.
- 너랑 술 마시는 거 참 오랜만이다.

오랫동안
〔오래똥안/
오랟똥안〕

시간상으로 썩 긴 동안.

- 오랫동안 망설인 끝에 결심한 거야.
- 그녀는 같은 회사에 근무하는 이 대리를 오랫동안 짝사랑해 왔다.

32

금세와
금새

"그거 지나간 달 밥값이래." 하고 말을 하니까 어머니는 갑자기 잠자다 깨나는 사람처럼 "응?" 하고 놀라더니 또 **금시에** 백지장같이 새하얗던 얼굴이 발갛게 물들었습니다. 봉투 속으로 들어갔던 어머니의 파들파들 떨리는 손가락이 지전을 몇 장 끌고 나왔습니다. 어머니는 입술에 약간 웃음을 띠면서 후 하고 한숨을 내쉬었습니다. 그러나 그것도 잠깐, 다시 어머니는 무엇에 놀랐는지 흠칫하더니 **금시에** 얼굴이 새하얘지고 입술이 바르르 떨렸습니다. 어머니의 손을 바라다보니 거기에는 지전 몇 장 외에 네모로 접은 하얀 종이가 한 장 접혀 있는 것이었습니다.

어머니는 한참을 망설이는 모양이었습니다. 그러나 무슨 결심을 한 듯이 입술을 악물고 그 종이를 차근차근 펴 들고 그 안에 쓰인 글을 읽었습니다. 나는 그 안에 무슨 글이 씌어 있는지 알 도리가 없었으나 어머니는 그 글을 읽으면서 **금시에** 얼굴이 파랬다 발갰다 하고 그 종이를 든 손은 이제는 바들바들이 아니라 와들와들 떨리어서 그 종이가 부석부석 소리를 내게 되었습니다.

– 주요섭, 〈사랑손님과 어머니〉 중에서

사랑손님, 이거 완전 요물이네요. 편지에 대체 무슨 말을 써놓았기에 그 짧은 글을 읽는 동안 옥희 엄마의 얼굴이 금시에 발갛게 물들었다가 금시에 새하얘지고 금시에 파래졌다가 이내 다시 발개지는 것이란 말입니까.

금시에라는 말이 낯설어서 그게 얼마큼의 시간을 뜻하는지 애매하게 느껴질 수도 있겠네요. 금시에는 이제 금今에 때 시時 자를 써서 지금, 바로, 롸잇나우를 뜻합니다.

〈사랑손님과 어머니〉가 발표되었던 1935년 즈음에는 금시에라는 표현을 즐겨 사용했던 모양인데 요즘을 사는 우리에게는 **금시에가 줄이든 금세**라는 말이 더욱 익숙하지요. 금세보다 금새라는 잘못된 표현이 더더욱 익숙하냐는 게 함정이긴 합니다만.

하여튼 간에 편지를 읽는 옥희 엄마 얼굴은 실시간으로 붉으락푸르락했다고 보시면 되겠습니다. 사랑손님이 옥희 엄마를 아주 그냥 들었다 놨다, 어! 이거 뭐 여자 후리는 솜씨가 장난이 아니야! 모셔다가 연애편지 쓰기 특강이라도 들었으면 좋겠는데 소설 속 인물인지라 아쉽기 그지없네요.

그사이, 고사이, 이사이, 요사이, 밤사이는 각각 그새, 고새, 이새, 요새, 밤새로 줄여 쓸 수 있습니다.

금세　　　　지금 바로. '금시에'가 줄어든 말로 구어체에서 많이 사용된다.

- 약을 먹은 효과가 금세 나타났다.
- 그녀는 금세 사랑에 빠졌다.
- 냉장고에서 꺼낸 얼음이 금세 녹았다.
- 피곤한지 침대에 눕자마자 금세 잠들었다.

금새　　　　물건의 값. 또는 물건값의 비싸고 싼 정도.

33

부릴 역   벨 할

역할과
역활

♪할, 할, 할 자가 들어간 말은 할부금, 할인율, 할인점, 할당량, 할복, 할증금 등이 있습니다. 이 단어들은 모두 나눌 할割 자를 써서 돈을 나누어 낸다거나 몫을 갈라 나눈다는 등 나눔의 의미를 지니고 있지요.

이와 같은 한자를 쓰는 역할役割도 마찬가지로 일을 나누어 한다는 뜻을 가지고 있습니다. 만약 역활이 맞는 말이라면 활부금, 활인율, 활인점, 활당량, 활복, 활증금 같은 이상한 단어들이 줄줄이 탄생하게 되겠지요. 나눌 할割 자를 쓰는 다른 단어들과 묶어 생각한다면 역할이라는 단어가 그리 생소하게 느껴지지만은 않을 것입니다.

한자 싫어 도리도리하지 마시고 시간을 조금만 할애하여 다시 천천히 읽어 보세요. 여러분은 똑똑하니까 어렵지 않게 이해할, 할, 할 수 있으실 거예요.

역할
〔여칼〕

❶ 자기가 마땅히 하여야 할 맡은 바 직책이나 임무.
'구실', '소임', '할 일'로 순화.

- 역할 분담
- 각자 맡은 바 역할을 다하다.
- 자신의 역할에 충실하다.

❷ 영화나 연극 따위에서 배우가 맡아서 하는 소임.
〔같은 말〕 역(役)

- 동생은 드라마에서 할아버지 역할을 맡았다.
- 이번 장면은 조연들의 역할이 컸다.
- 시켜만 주신다면 귀신 역할이라도 좋아요.

역활

'역할'의 잘못.

34

치르다와
치루다

치루는 항문 부위에 있던 고름집이 저절로 터지면서 생겨
난 구멍으로 분비물이 나오는 질병을 일컫는 말입니다. 자
꾸만 치루다, 치루다 하시면 그리 자랑스러울 것도 없는
본인의 질병을 만천하에 떠벌리고 다니는 꼴이 된다는 점
을 명심하셔야 합니다.

치루다는 치르다의 잘못입니다. 그러므로 **치뤄, 치루고, 치
루니, 치뤘다는 모두 잘못된 말**이 되겠습니다. 치러, 치르
고, 치르니, 치렀다의 꼴로 활용하시는 것이 옳겠습니다.
내 생에 치루란 없다고 생각하세요. 설사 생긴다 하더라도
그냥 혼자만 알기로 해요.

함께 알기

잠구다 역시 **잠그다**의 잘못입니다. 잠궈, 잠구고, 잠구니,
잠궜다가 아닌 **잠가, 잠그고, 잠그니, 잠갔다**로 쓰셔야 합
니다. 담구다도 이와 비슷한 경우입니다. **담그다**가 옳은
말이며 담궈, 담구고, 담구니, 담궜다 대신 **담가, 담그고,
담그니, 담갔다**로 활용하시면 되겠습니다.

치르다   ❶ 주어야 할 돈을 내주다.

- 대금을 치르다. / 술값을 치르다. / 모텔비를 치르다.
- 내일까지 아파트 잔금을 치러야 한다.
- 점원에게 옷값을 치르고 가게를 나왔다.

❷ 무슨 일을 겪어 내다.

- 시험을 치르다. / 잔치를 치르다. / 장례식을 치르다.
- 그렇게 큰일을 치렀으니 몸살이 날 만도 하지.
- 집들이를 치를 때 어머니께서 오셔서 도와주었다.

❸ 아침, 점심 따위를 먹다.

- 아침을 치르고 대문을 나서던 참이었다.

치루다   '치르다'의 잘못.

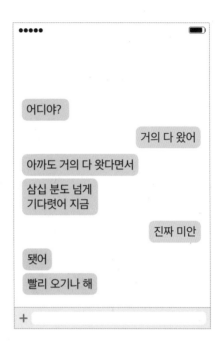

35

어디야?

거의 다 왔어

아까도 거의 다 왓다면서

삼십 분도 넘게
기다렷어 지금

진짜 미안

됏어

빨리 오기나 해

쌍시옷 받침이 들어가야 할 자리에 시옷 받침을 쓰는 까닭은 자판을 누르는 수고를 조금이라도 덜기 위함이겠지요. 안 그래도 복잡한 세상 편하게 살고 싶은 마음 십분 이해합니다.

그래요. 맞춤법 다위 뭐가 그리 중요하겟어요. 상시옷이건 시옷이건 그게 그건데 그가짓 거 좀 틀리면 어대. 귀찮으니가 상이고 뭐고 다 집어치우고 모조리 다 이렇게 스자고요. 한글은 위대한 언어니가 개덕같이 서도 찰덕같이 알아

볼 수 잇어. 여태가지는 상시옷 받침 시옷으로 스는 사람 진자 자증 나고 정덜어지고 그랫는데 스다 보니 그럭저럭 슬 만하네요.

함께 알기

시옷을 써야 할 자리에 쌍시옷을 쓰는 것도 난감하기는 마찬가지입니다. 직장 상사가 마음에 들지 않을 때는 눈쌀 대신 **눈살**을 찌푸려 주세요. 여자의 마음은 뺏지 말고 **뺏** 으시고요.

STEP 4

36

나 지금 너 집 앞이야

말도 없이 왜 오는데

보고 싶어서...

잠깐만 나오면 안되?

안 돼. 화장 다 지웠어

맨얼굴도 예쁠 텐데 뭐

닥쳐! 네가 뭘 알아

민얼굴과
맨얼굴

솔직히 말씀드리자면 몰랐습니다. 맨얼굴이 아니라 민얼굴이 맞는 말이라니. 이 글을 쓰면서도 믿을 수가 없습니다. 세상천지 어떤 사람이 맨얼굴이라는 멀쩡한 단어를 두고 "나 오늘 민얼굴이야"라고 말한단 말입니까. 맨얼굴이 틀린 말이라면 맨발도 틀린 걸로 해주세요. 영화 〈맨발의 기봉이〉도 '민발의 기봉이'로 쓰자는 말입니다!

그러나 국립국어원의 입장은 단호합니다. **'민'은 꾸미거나 딸린 것이 없음**을 뜻하고 **'맨'은 다른 것이 없음**을 뜻하기 때문에 곧 죽어도 맨얼굴이 아니라 민얼굴이랍니다. 설명을 읽고 나니 더욱 아리송해집니다. 그게 그거 아니에요? 가슴이 답답해진 저는 국어사전을 뒤지고 또 뒤지며 생각에 생각을 거듭한 끝에 저만의 정의를 덧붙이기에 이르렀습니다.

민은 꾸미거나 딸린 것이 없어서 어쩐지 허전하고 벌거벗은 느낌이 드는 것을 뜻합니다. 사람들이 이상한 눈으로 쳐다보는 것 같아 자꾸만 가리게 되고 연신 움츠러들기도 합니다. 다 필요 없고 빨리 집에 들어가고 싶습니다. 민얼굴, 민머리, 민소매, 민달팽이 등이 이에 해당합니다.

맨은 나 이거 말고 다른 거 없어! 가진 게 이것뿐인데 뭐 어쩌라고! 뭔가 더 있으면 좋을 거라는 사실은 나도 알지만 없어, 없다고! 이가 없으면 잇몸이다! 정도로 생각하시면 적당하지 않을까 싶습니다. 맨눈, 맨발, 맨밥, 맨주먹 등이 이에 해당합니다.

이렇게 써놓고 보니 민얼굴이 맞는 말 같기도 하네요. 다소 어색하긴 하지만 바른 국어 생활을 위해 앞으로는 민얼굴이라고 하기로 해요, 우리. 하지만 예문 속 남자처럼 애인의 집 앞으로 무턱대고 찾아가 민얼굴도 예쁠 테니 화장하지 말고 빨리 나오라는 메시지를 보내지는 마세요. 당신이… 당신이 뭘 안다고 그래!

민-	❶ '꾸미거나 딸린 것이 없는'의 뜻을 더하는 접두사.
	• 민가락지 / 민돗자리 / 민얼굴 / 민저고리
	❷ '그것이 없음' 또는 '그것이 없는 것'의 뜻을 더하는 접두사.
	• 민꽃 / 민등뼈 / 민무늬 / 민소매
맨-	'다른 것이 없는'의 뜻을 더하는 접두사.
	• 맨눈 / 맨다리 / 맨땅 / 맨발 / 맨주먹

37

-이선희, 〈알고 싶어요〉 중에서

얼마큼과
얼만큼

얼마큼을 얼만큼으로 잘못 알고 계셨던 분 솔직히 손 들어 보십시오. 그리고 그대로 자신의 뺨을 내려치십시오. 저를 너무 매정하다고 생각지는 말아 주시길 바랍니다. 저 역시 제 뺨을 때렸으니까요. 으흐흐흑….

얼마큼은 얼마만큼이 줄어든 말이라고 합니다. 아니, 알아. 그건 나도 아는데…. 그러니까 얼마만큼을 줄여서 얼만큼이라고 하는 거 아니냐고, 어! 내 말이 틀렸냐고! 예, 틀렸답니다. 얼마가 얼로 줄어든 것이 아니라 만큼이 큼으로 줄어든 것이기 때문에 얼만큼이 아니라 얼마큼이라고 해야 한답니다.

여태껏 이걸 모르고 살아왔다는 게 분하고, 억울하고, 창피하고… 너무나 당당하게 얼만큼이라는 말을 써왔던 내가 등신, 삼룡이, 머저리 같고… 이렇게 무식한 주제에 여러분한테 맞춤법을 알려 주겠다고 이러고 있는 모습이 꼭 약장수, 사기꾼, 책팔이 같고… 으흐흐흑….

근데요. 여기서 이런 말해도 괜찮은 건지는 잘 모르겠는데요. 솔직히 까놓고 말해서 얼마큼은 좀 이상하지 않아요? 나만 이래? 나만 거북스러워?

얼마큼　　　'얼마만큼'이 줄어든 말.

　　　　　　• 술을 얼마큼 먹으면 이렇게 개가 되니?

얼마　　　❶ (의문문에 쓰여) 잘 모르는 수량이나 정도.

　　　　　　• 청와대까지 얼마를 더 가야 합니까?

　　　　　　❷ 정하지 아니한 수량이나 정도.

　　　　　　• 얼마든지 참을 수 있다.

　　　　　　• 만날 남자는 얼마든지 있다.

　　　　　　❸ 뚜렷이 밝힐 필요가 없는 비교적 적은 수량이나 값 또는 정도.

　　　　　　• 얼마 안 되지만 여비에 보태 써라.

　　　　　　• 그는 병세가 악화되어 얼마 못 살 것 같다.

만큼　　　❶ 앞의 내용에 상당한 수량이나 정도임을 나타내는 말.

　　　　　　〔비슷한 말〕 만치

　　　　　　• 노력한 만큼 대가를 얻다.

　　　　　　❷ 뒤에 나오는 내용의 원인이나 근거가 됨을 나타내는 말.

　　　　　　• 까다롭게 검사하는 만큼 준비를 철저히 해야 한다.

　　　　　　❸ (체언이나 조사의 바로 뒤에 붙어) 앞말과 비슷한 정도나 한도임을 나타내는 격 조사.

　　　　　　• 집이 대궐만큼 크네요.

　　　　　　• 나도 너만큼은 할 수 있거든?

38

가르치다와 가리키다

어른으로서의 삶은 아무래도 유쾌하지 않습니다. 어렸을 적에는 결코 알 수 없었던 세상의 비밀을 하나둘씩 알아가기 때문이겠지요. 평생 한 사람만을 사랑한다는 것은 불가능에 가깝고, 꿈을 좇다가는 쪽박 차기 십상이며, 태어날 때부터 부자가 아니면 죽을 때까지 부자일 수 없다는 사실은 살아 보지 않고서야 알 수 없는 일들이니까요.

저는 오늘 인생에 대한 쓸쓸한 진실을 한 가지 더 알게 되었습니다. 어떻게 하면 가르치다와 가리키다에 대해 쉽게 설명할 수 있을까, 이리저리 머리를 굴려 보아도 마땅한 생각이 떠오르지 않아 괴로워하던 중이었지요. 실제로 가르치고 있는 사람은 뭐가 달라도 다르지 않을까 싶어 교사인 친구에게 전화를 걸어 자문을 구했습니다.

> "나 그거 정확히 알아. 가르치다는 애들한테 공부 가르치는 거고 가리키다는 방향 가리키는 거 아냐? 어떻게 외웠냐면 애들 가르치다 보면 하도 말을 안 들어서 하루에도 수백 번씩 쳐버리고 싶거든. 가르치다 보면 치고 싶다. 가르치다. 맞지? 내 말이 맞지?"

그렇구나. 가르치다 보면 치고 싶구나. 그래도 차마 어린 제자를 칠 수는 없으니 교실 뒷문을 가리키며 나가라고 하셨던 것이로구나. 가끔 속상한 얼굴로 사랑의 매를 드셨던 그 선생님은 참다 참다 못 참고 진짜로 날 쳐버린 것이었구나. 난 또 나 잘되라고 그러시는 줄 알았지… 흑….

가르치다 ❶ 지식이나 기능, 이치 따위를 깨닫게 하거나 익히게 하다.

- 연하남에게 연애를 가르치다.
- 그는 그녀에게 운전을 가르치다가 화를 내고 말았다.

❷ 그릇된 버릇 따위를 고치어 바로잡다.

- 버르장머리를 톡톡히 가르쳐 놓을 것이다.

❸ 교육 기관에 보내 교육을 받게 하다.

- 기껏 대학교까지 가르쳤더니 이 모양이냐!

❹ 상대편이 아직 모르는 일을 알도록 일러 주다.

- 너에게만 비밀을 가르쳐 줄게.

❺ 사람의 도리나 바른길을 일깨우다.

- 선생님께서는 우리에게 정직하게 살라고 가르치셨다.
- 자식된 도리를 가르치다.

가리키다 ❶ 손가락 따위로 어떤 방향이나 대상을 집어서 보이거나 말하거나 알리다.

- 그는 손가락으로 북쪽을 가리켰다.
- 시곗바늘이 4를 가리킬 때까지 술을 퍼마셨다.

❷ 어떤 대상을 특별히 두드러지게 나타내다.

- 사람들은 그를 가리켜 희대의 카사노바라고 했다.

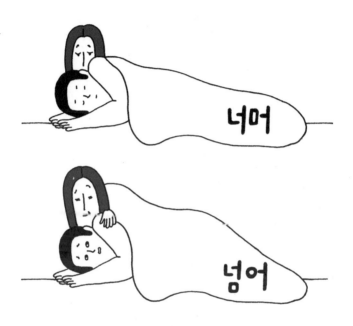

39

너머와
넘어

네온사인이 번쩍이는 어느 모텔 앞에서 상경과 지영이 옥신각신하고 있다. "싫다고! 집에 갈 거라고!" "뭐가 싫은데, 말을 해봐. 뭐가 싫은지." "너 이러려고 나 만나니? 정말 실망이다." 두 사람의 목소리가 쉴 새 없이 엉켰다 풀어지며 어두운 골목 저 **너머**로 울려 퍼진다.

상경은 지영의 완강함에 그만 무릎을 꿇고야 말았다. 그는 달아오른 얼굴을 감추려 고개를 푹 숙인 채 지영의 손에 이끌려 낯선 모텔의 문턱을 **넘었**다. 카운터 **너머**의 종업원은 그런 풍경이 익숙하다는 듯 아무렇지 않은 목소리로 물었다. "숙박요, 대실요?" 우물쭈물하는 상경을 대신해 지영이 대답했다. "쉬었다 갈게요."

상경은 외투도 벗지 않은 채 침대 끝에 걸터앉았다. 지영은 그런 상경이 귀여운지 그저 말없이 웃어 보이며 욕실로 향했다. '짐승!' 팩 토라진 상경이 애먼 벽에다 화풀이를 하자 별안간 그 **너머**에서 뭉그러진 신음이 대답처럼 들려왔다. 화들짝 놀란 상경은 저도 모르게 옷깃을 여몄다.

두 사람이 침대에 나란히 누웠다. 상경은 이불에다 보이지 않는 선을 그어 가며 으름장을 놓았다. "이 선 **넘어**오지 마!" 지영은 물기가 번드르르한 눈으로 상경을 바라보며 대답했다. "손만 잡자, 손만." 그 말이 끝나기가 무섭게 상경의 손을 낚아채는 지영이었다. 상경이 애써 만들어 놓은 선은 흔적도 없이 사라지고 그들은 넘지 말아야 할 선을 **넘어** 버리고야 마는데….

너머는 **위치**, **넘어**는 **동작**과 관련된 것이라 생각하면 쉽습니다. 예문을 읽고 또 읽으며 너머와 넘어의 차이를 느껴보도록 합시다.

너머
(높이나 경계를 나타내는 명사 다음에 쓰여) 높이나 경계로 가로막은 사물의 저쪽 또는 그 공간.

- 산 너머 / 고개 너머 / 저 너머
- 싸우는 소리가 큰길 너머까지 들렸다.

넘다
〔넘ː따〕

❶ 일정한 시간 또는 시기, 범위 따위에서 벗어나 지나다.

- 할아버지의 연세가 일흔이 넘으셨다.
- 그 일은 일주일이 넘게 걸렸다.
- 밤 열 시가 넘어서야 집에 도착했다.
- 시간은 이미 자정을 넘었다.

❷ 높은 부분, 경계, 기준, 한계, 고비를 지나가다.

- 그 동네로 가려면 높은 언덕을 넘어야 한다.
- 우리는 배를 타고 국경을 넘었다.
- 그의 노래 실력은 아마추어 수준을 넘지 못한다.
- 밤새 어려운 고비를 넘겼다.

❸ 일정한 공간을 사이에 두고 건너편으로 뛰다.
〔같은 말〕 건너뛰다.

- 아빠 몰래 담장 넘어서 나오면 안 돼?

127

❹ 일정한 곳에 가득 차고 나머지가 밖으로 나오다.

• 밥솥의 물이 넘다.

• 장마로 강물이 넘어서 온 동네가 물바다가 되었다.

• 통에 물이 넘지 않도록만 채워라.

❺ 칼날 따위를 지나치게 갈아 날이 한쪽으로 쏠리게 되다.

• 칼이 넘다.

❻ 〈운동〉 바둑에서, 떨어져 있는 자기 돌을 상대편이 끊으려고 할 때에 끊어지지 않도록 아래쪽에서 잇다.

햇수와
횟수

지영에게서 등을 돌린 채 누워 있는 상경의 어깨가 가늘게 떨리고 있었다. 동정을 잃은 사내의 복잡다단한 심경을 그 누가 설명할 수 있으랴. 그런 그의 모습이 애처로운 한편 갑갑하기도 했던 지영은 담배 연기와 함께 긴 한숨을 내쉬며 상경에게 말했다.

"작년 가을에 너를 처음 만나 올해 겨울이 다 되도록 내가 얼마나 참아 왔는지 너는 모른다. 번번이 내 손을 뿌리치며 새침하게 집으로 향하는 너의 뒷모습이 나를 얼마나 비참하게 만들었는지도…. 오늘에야 비로소 네가 내 것이 된 것만 같다. 앞으로의 일은 걱정하지 마라. 내가 너를 책임진다."

지영의 믿음직스러운 목소리에 상경의 마음속을 채우고 있던 두려움들이 하나둘씩 물러서기 시작했다. 상경은 참았던 눈물을 와락 터트리며 지영의 품에 안겼다. 지영은 상경의 머리를 부드럽게 쓰다듬으며 그의 귓가에 속삭였다. **"남은 콘돔, 마저 다 써야 하지 않겠니."**

상경이 무어라 대답하려는 찰나 테이블 위의 전화기가 요란하게 울려 댔다. 어느덧 약속했던 퇴실 시간이 다가온 것이었다. 아쉬움에 입맛을 다시는 지영의 너머로 상경이 손을 뻗어 수화기를 들었다. 그리고 말했다. "저희 그냥 숙박할게요."

1. 상경과 지영이 만난 지는 **햇수**로 몇 년 되었을까요?
① 1년 ② 2년 ③ 3년 ④ 4년 ⑤ 5년

2. 상경과 지영은 그날 밤 **횟수**로 몇 번이나 했을까요?
① 1번 ② 3번 ③ 5번 ④ 10번 ⑤ 15번 이상

정답 및 해설

1. ②

햇수는 해의 수를 뜻합니다. 상경과 지영은 작년 가을에 처음으로 만나 올해 겨울을 함께 보내고 있으니 햇수로 2년을 만난 셈입니다.

2. ②

횟수는 돌아오는 차례의 수를 뜻합니다. 모텔에 비치된 콘돔은 대개 한 박스에 세 개가 들어 있습니다. 지영이 상경에게 남은 콘돔을 모두 사용하자고 제안했으니 상경의 몸만 따라 주었다면 횟수로 세 번 했을 것입니다. 콘돔이 한 박스에 몇 개나 들어 있는지 몰라서 정답을 맞힐 수 없었다는 분들은 아랫도리에 손을 얹고 반성하시길 바랍니다. 그동안 피임을 게을리했거나, 피임을 했더라도 콘돔을 한 개 이상 사용해 본 적이 없어서 개수를 파악하지 못한 것이니 어느 쪽이든 용서할 수 없습니다.

햇수
〔해쑤/핻쑤〕

해의 수.

- 근무 햇수에 따라 봉급에 차등을 두다.
- 서울에 온 지 햇수로 5년이 되었다.

횟수
〔회쑤/휃쑤〕

돌아오는 차례의 수효.

- 횟수를 거듭할수록 성적이 나아지고 있다.
- 횟수가 늘다.
- 횟수가 많다.

41

드러내다와
들어내다

이쯤에서 복습 한번 해볼까요? 화가 났을 때는 눈을 부라리다, 불알이다? 그렇죠. 부라리는 거죠. 그렇다면 불알은 뭐다? 쉽게 드러내서는 안 되는 보배로운 것이다. 맞습니다. 가르친 보람이 있네요.

그런데 말입니다. 이때 드러내다가 들어가야 할 자리에 들어내다를 쓰면 어떻게 될까요? 힌트를 드리자면 드러내다는 **가려 있거나 보이지 않던 것을 보이게 하는 것**이고 들어내다는 **물건을 들어서 밖으로 옮기는 것**, 즉 적출을 뜻합니다. 불알을 드러내는 것도 문제지만 들어내면 이거는 뭐 어휴, 진짜 큰일도 이런 큰일이 없겠죠.

그깟 맞춤법 좀 틀리면 어떠랴, 대수롭지 않게 생각하셨던 분들도 이쯤 되면 그 중요성을 몸소 깨달았으리라는 생각이 듭니다. 남자가 부엌에 들어가면 불알 떨어지던 시대는 지났습니다. 맞춤법을 지키는 것이야말로 남자로서의 자존심을 지키는 지름길입니다.

함께 알기

들어나다는 세상에 없는 말입니다. 드러나다로 써주세요.

드러내다
〔드러내다〕

❶ '드러나다'의 사동사.

- 어깨를 드러내는 옷차림
- 그가 누런 이를 드러내고 웃자 정나미가 뚝 떨어졌다.

❷ '드러나다'의 사동사.

- 네가 드디어 본색을 드러내는구나?
- 속마음을 드러내다.

들어내다

❶ 물건을 들어서 밖으로 옮기다.

- 방에서 TV를 들어냈다.
- 생선의 배를 가르고 내장을 들어내다.

❷ 사람을 있는 자리에서 쫓아내다.

- 저놈을 여기서 당장 들어내지 못할까!

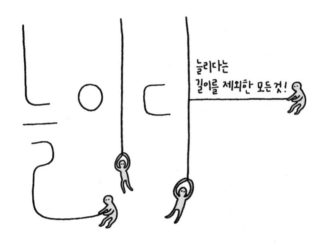

42

늘이다는 길이를 제외한 모든 것!

늘이다와 늘리다

늘이다와 늘리다는 늘다에서 온 말입니다. 두 단어 모두 늘어나게 한다는 뜻을 지니고 있지만 쓰임은 사뭇 다릅니다. **늘이다**는 **길이**를 늘일 때, **늘리다**는 **길이를 제외한 모든 것**을 늘릴 때 사용하지요.

사실 늘이다는 실생활에서 쓰일 일이 그다지 많지 않습니다. 우리가 살아가면서 고무줄이나 엿가락, 바짓단을 늘일 일이 뭐 그리 많겠습니까. 소개팅녀에게 키를 속인다 치더라도 "저 사실은 키 늘였어요"라고 이실직고할 일도 여간해서는 없을 테고요.

반면에 늘리다는 사용이 무궁무진합니다. 적용할 수 있는 경우가 많지만 특히 여자 꼬실 때 늘려야 할 것들만 선별하여 적어 보자면 힘, 재산, 매력, 말발, 솜씨, 실력, 능력, 체력, 정력, 지속력 등이 있습니다.

골치 아플 것 없이 그냥 늘리다로 쓰면 열에 아홉은 맞을 테지만 그래도 정확히 알아 둬서 나쁠 건 없으니 외우도록 합시다. 늘이다는 길이, 늘리다는 길이를 제외한 모든 것. 길이만 늘이고 나머지는 다 늘리세요!

늘이다
〔느리다〕

❶ 본디보다 더 길게 하다.

- 고무줄을 늘이다.
- 엿가락을 늘이다.

❷ (주로 '선'과 관련된 말을 목적어로 하여) 선 따위를 연장하여 계속 긋다.

늘리다

❶ 물체의 넓이, 부피 따위를 본디보다 커지게 하다.

- 돈 번 김에 아파트 평수를 좀 늘렸어.

❷ '늘다(수나 분량, 시간 따위가 본디보다 많아지다)'의 사동사.

- 학생 수를 늘리다.
- 시험 시간을 30분 늘리다.

❸ '늘다(힘이나 기운, 세력 따위가 이전보다 큰 상태가 되다)'의 사동사.

- 적군은 세력을 늘린 후 다시 침범하였다.
- 정력을 늘려서 다시 시도해보자.

❹ '늘다(재주나 능력 따위가 나아지다)'의 사동사.

- 실력을 늘려서 다음에 다시 도전해 보아라.

❺ '늘다(살림이 넉넉해지다)'의 사동사.

- 그 집은 남편이 돈을 잘 벌어서 재산을 금세 늘렸대.

❻ '늘다(시간이나 기간이 길어지다)'의 사동사.

- 추가 요금을 내고 대실 시간을 늘리다.

43

처먹다 퍼먹다

쳐먹다

처먹다 와
쳐먹다

저는 큰소리 내는 것을 싫어합니다. 뭐든 좋게 해결하려고 애쓰는 편이지요. 하지만 이렇게 살다 보니 손해 보는 일이 너무나 많더군요. 가만히 있으니 가마니로 보이냐는 말은 철 지난 삼류개그가 아닌 인생의 진리라는 사실을 절실히 깨닫는 요즘입니다. 험난한 세상에서 자존심을 지키며 살아가기 위해서는 상황에 따라 강하게 말할 줄도 알아야 합니다. 속된 말도 적절히 섞어 가면서 말이지요.

그런데 버럭버럭 화를 내는 문장이 틀린 맞춤법으로 가득하다면 어떨까요? 문장의 힘이 단번에 떨어지면서 도리어 망신살만 뻗치게 되겠지요? 이러한 쪽팔림을 미연에 방지하기 위해서는 비록 상스러운 말일지언정 제대로 된 맞춤법을 익혀 두시는 게 좋겠습니다.

우리가 가장 많이 틀리는 저속한 말은 처먹다와 쳐먹다입니다. 처와 쳐 모두 처로 발음이 되기 때문에 그게 그거 같지만 처먹다가 옳은 말입니다.

처는 **마구**의 뜻을 가지고 있습니다. 그러니까 처먹다는 마구 먹는다는 말입니다. 반면에 **쳐**는 **치다**의 뜻을 가지고 있습니다. 그러니까 쳐먹다는 음식을 한번 치고 먹는다는 말이 되어 버리겠네요. 김치부침개 먹기 전에 주먹으로 내리치고, 갈비 먹기 전에 갈빗대 잡고 바닥에 패대기치고, 통돼지 바비큐 먹기 전에 돼지를 있는 힘껏 메치고. 생각만 해도 등신 같네요, 진짜.

저는 여러분이 누구에게도 꿀리지 않는 삶을 살기를 바랍니다. 맞춤법같이 사소한 걸로 트집 잡히지 않고 말이에요. 그러니까 약속! 누군가의 기분을 상하게 하고 싶을 때는 쳐먹다가 아닌 처먹다로 쓰기! 다른 상스러운 말들도 맞춤법 꼭, 꼭 지켜서 쓰기! 지랄, 염병, 낯짝, 꼴값, 아가리, 대가리, 개새끼 모두 국어사전에 등재된 말이니 죄책감 느끼지 말고 써야 할 때는 화끈하게 쓰기!

함께 알기

잘 외워지지 않으면 처먹다와 같은 뜻을 가지고 있는 퍼먹다를 생각하세요. 퍼먹냐가 아닌 피먹디이니 쳐먹다가 아닌 처먹다가 되겠네요.

처-   (일부 동사 앞에 붙어) '마구', '많이'의 뜻을 더하는 접두사.
- 처먹다. / 처넣다. / 처바르다. / 처박다. / 처대다.

처먹다   ❶ 욕심 사납게 마구 먹다.
〔처먹따〕
- 돈 걱정 없이 랍스터나 실컷 처먹어 보았으면 좋겠다.

          ❷ '먹다'를 속되게 이르는 말.

- 귓구멍을 처먹었나 왜 말이 없지?
- 너는 어떻게 된 애가 술만 처먹으면 끼를 부리니?
- 나잇살이나 처먹은 놈이 하는 행동은 애들만도 못하다.
- 걔는 나이를 어디로 처먹어서 그 모양이냐?
- 너 같은 개새끼는 욕을 처먹어도 싸.
- 뼈 빠지게 일해서 세금 냈더니 순실이 혼자서 다 처먹었다.

44

어찌합니까
어떻게 할까요
감히 제가 감히 그녀를
사랑합니다

- 임재범, 〈고해〉 중에서

어떻게와
어떡해

저는 어떻게와 어떡해에 대한 트라우마가 있습니다. 이유인즉, 구남친에게 이것을 설명하다가 두 손 두 발 들었던 처참한 기억을 가지고 있기 때문입니다. 열 번 정도 반복해서 알려 주었습니다. 뻗쳐오르는 열불을 참아 가면서 아주 상냥하게 말이지요. 하지만 돌아오는 그의 대답은 한결같았습니다. "알겠는데… 모르겠어…."

문법적인 설명은 생략하겠습니다. 굳이 알고 싶다면 다른 맞춤법 책을 찾아보시거나 국립국어원 홈페이지에 문의하시기를 바랍니다. 하지만 다 소용없을 거라는 사실을 저는 알아요. 왜냐하면 여러분은 알겠는데… 모를 거거든요….

'어떻해'라는 말은 없습니다. 왜냐하면 히읗 받침 뒤에 또 히읗이 오면 읽기에 여간 불편한 것이 아니기 때문입니다. 같은 이유에서 **'어떡게'라는 말도 존재하지 않습니다.** 기역 받침 뒤에 또 기역이 있으니까요. 그러므로 겹치는 것 없이 각각 **어떻게**와 **어떡해**로 써주셔야 하겠습니다.

두 단어의 바른 표기는 이제 알겠는데 둘 다 어떠케로 발음이 되니 언제 어떻게 써야 할지 모르겠다, 하시는 분들을 위해 문장에 적용하는 방법도 알려 드리겠습니다. 외우려 하지 말고 그냥 아, 그렇구나 하세요.

'어떻게'는 '어찌'와 비슷한 말입니다. 여러분이 노래방에서 즐겨 부르시는 〈고해〉의 첫 소절만 봐도 알 수 있지요. "어찌합니까. 어떻게 할까요."를 "어찌합니까. 어찌할까요."로 바꾸어 불러도 뜻은 통하네요. 그러니 어찌가 들어갈 만한 문장에는 어떻게를 쓰시면 됩니다.

어떡해는 '어떻게 해'가 줄어든 말로 **'어쩌지'와 비슷한 말**입니다. 좀 옛날 노래이기는 하지만 샌드페블즈의 〈나 어떡해〉를 다 같이 불러 봅시다. "나 어떡해, 너 갑자기 가버리면." 이때 어떡해를 어쩌지로 바꾸어 불러도 그럴싸하겠지요? 이처럼 어쩌지가 들어갈 만한 문장에는 어떡해를 쓰시면 됩니다.

지금은 고개를 끄덕일지 몰라도 여러분은 곧 모를 것입니다. 하지만 우리에게는 〈고해〉가 있습니다. 맞춤법이 가슴에 새겨질 때까지 부르고 또 부르세요. 질린다 싶으면 〈나 어떡해〉도 가끔 불러 가면서요. 하지만 애인 앞에서는 자제하셔야 합니다. 여자들이 제일 싫어하는 노래 1위가 바로 〈고해〉거든요.

어떻다
〔어떠타〕

의견, 성질, 형편, 상태 따위가 어찌 되어 있다.

- 요즈음 어떻게 지내십니까?
- 요새 몸은 좀 어때?
- 네 의견은 어떤지 모르겠지만 난 그렇게 생각해.
- 넌 어떨 때 가장 행복하다고 느끼니?
- 할머니 건강은 어떠세요?
- 네가 나한테 어떻게 이럴 수 있어?

어떡하다

'어떠하게 하다'가 줄어든 말.

- 아저씨, 저는 어떡하면 좋겠어요?
- 오늘도 안 오면 어떡해.
- 아직도 원고를 안 주면 어떡해.
- 내일까지 어떡하든 마감해 볼게요.

45

맞추다와
맞히다

맞추다의 국어사전적 정의는 다양하지만 굳이 지면을 할 애해 가며 일일이 설명할 필요는 없어 보입니다. 눈 맞추고, 입 맞추고, 배꼽 맞추고, 시간 맞추고, 손발 맞추고, 간 맞추고, 짝 맞추고, 양복 맞추고, 순서 맞추고, 비위를 맞추며 살아가는 중에 그 의미를 자연스레 체득했을 것이기 때문입니다.

사실 맞추다를 써야 할 자리에 맞히다를 쓰면 발음이 어리 둥절하니 딱히 틀릴 일이 없습니다. 문제는 맞히다를 써야 할 자리에까지 맞추다를 사용하는 것입니다. 맞추다의 발음이 입에 착 감기는 건 부인할 수 없는 사실이지만 맞히다와는 다른 뜻을 지니고 있으니 구분하여 사용함이 마땅합니다.

맞히다는 적중의 의미를 지니고 있습니다. 문제의 정답을 딱! 혈관에 주사를 딱! 과녁에 화살을 딱! 로또 번호 여섯 개를 딱! 큐를 '다마'에 딱! 축구공을 골대에 딱! 맞히는 거지요. 그러니까 아주 그냥 한 치의 오차도 없이 '따아아아아악!' 들어맞는 상황을 생각하시면 되겠습니다.

두 단어의 차이점이 느껴지시나요? 느껴지긴 느껴지는데 막상 쓰려고 하면 틀릴 것 같으신가요? 괜찮습니다. 왜냐 하면 저도 그렇기 때문입니다. 아마 우리 말고 다른 사람들도 다 그럴 겁니다. 어쩌면 이 책의 편집자 역시 그럴지도 모릅니다. 정말이지 드럽게 헷갈리는 단어네요. 어쩌겠어요. 다 같이 공부합시다!

맞추다
〔맏추다〕

❶ 서로 떨어져 있는 부분을 제자리에 맞게 대어 붙이다.

- 분해했던 부품들을 다시 맞추다.

❷ (주로 '보다'와 함께 쓰여) 둘 이상의 일정한 대상들을 나란히 놓고 비교하여 살피다.

- 사장은 매일 장부들을 서로 맞추어 보고 퇴근을 한다.
- 서로 바쁘다 보니 시간을 맞추기가 어렵다.

❸ 서로 어긋남이 없이 조화를 이루다.

- 액세서리를 옷과 맞추었다.

❹ 어떤 기준이나 정도에 어긋나지 아니하게 하다.

- 심사 기준에 맞추다. / 시간에 맞추다.
- 옷에 몸을 맞추느라 살이 찌는 거야.

❺ 어떤 기준에 틀리거나 어긋남이 없이 조정하다.

- 초점을 맞추다. / 타이머를 맞추다. / 주파수를 맞추다.
- 우리 휴가 기간을 서로 맞춰 밀월여행을 가자.

❻ 일정한 수량이 되게 하다.

- 화투짝을 맞추다. / 인원을 맞추다. / 짝을 맞추다.
- 어제는 2대 2로 짝을 맞춰 놓았다.

❼ 열이나 차례 따위에 똑바르게 하다.

- 줄을 맞추다. / 오와 열을 맞추다.

- 중심을 맞춰서 액자를 걸어라.

❽ 다른 사람의 의도나 의향 따위에 맞게 행동하다.

- 그녀의 비위를 맞추려면 고기밖에 없어.

❾ 약속 시간 따위를 넘기지 아니하다.

- 이 작가가 원고를 늦게 주는 바람에 마감 일자를 맞출 수 없겠군요.

❿ 일정한 규격의 물건을 만들도록 미리 주문을 하다.

- 구두를 맞추다. / 안경을 맞추다. / 양복을 맞추다.

⓫ 다른 어떤 대상에 닿게 하다.

- 아내에게 입을 맞추다.
- 손님의 코에 자신의 코를 맞추는 것이 이 부족의 인사법이다.

맞히다
〔마치다〕

❶ '맞다(자연 현상에 따라 내리는 눈, 비 따위의 닿음을 받다)'의 사동사.

- 이 화분에 비를 맞히면 너도 맞을 줄 알아!

❷ '맞다(어떤 좋지 아니한 일을 당하다)'의 사동사.

- 나를 바람맞히다니 용서할 수 없다.

❸ '맞다(침, 주사 따위로 치료를 받다)'의 사동사.

- 꼬마들에게는 주사를 맞히기가 힘들다.

❹ '맞다(쏘거나 던지거나 한 물체가 어떤 물체에 닿다)'의 사동사.

- 돌멩이를 넣은 눈덩이로 나를 맞히다니 비겁한 자식!

46

싸이다

쌓이다

싸이다와 쌓이다

굳이 뜻을 설명하지 않아도 싸다는 싸는 거고 쌓다는 쌓는다는 걸 알고 계실 겁니다. 발음도 싸다와 싸타로 다르게 나니 헷갈릴 일도 없을 테고요. 그런데 이 단어들이 싸이다와 쌓이다라는 피동사로 변해 버리는 순간! 위메, 이게 무슨 조화여! 발음이 같아져 버립니다. 이러니 자꾸 틀리게 쓸 수밖에요. 세종대왕님이 잘못했네.

이럴 때일수록 복잡하게 생각하지 맙시다. 피동사고 나발이고 다 집어치우고 싸다와 쌓다에만 집중하세요. 그러니까 내가 말하고자 하는 것을 싸려는 것인지, 쌓으려는 것인지만 판단하면 됩니다. 싸려고 한다면 싸이다, 쌓으려고 한다면 쌓이다라고 조금만 바꾸어 쓰면 되니까요.

잘 구워진 고기를 상추로 쌉니다. 상추에 싸인 고기를 함냐함냐 먹습니다. 이번에는 고기를 더 맛있게 먹어 봅시다. 상추 위에 고기를 차곡차곡 쌓습니다. 산더미처럼 쌓인 고기가 떨어지지 않도록 주의하며 쌈을 싸서 와아아앙 먹습니다. 아무리 배가 불러도 물냉면은 시켜야겠죠. 남은 고기 한 점을 면으로 쌉니다. 면으로 둘러싸인 고기를 후루룩챱챱 먹습니다. 아, 잘 먹었다. 식사 끝! 공부도 끝!

싸이다

❶ 물건을 안에 넣고 보이지 않게 씌워 가리거나 둘러 말다.

• 신문지로 싸여 있는 것이 무엇인지 무척 궁금했다.

❷ 어떤 물체의 주위를 가리거나 막다.

• 안개에 싸인 시골 마을

❸ 어떤 분위기나 상황에 뒤덮이다.

• 신비에 싸인 원시림

❹ 사람들과 함께 잘 어울리다.

• 동네 아이들과 싸여 놀다.

쌓이다
〔싸이다〕

❶ 여러 개의 물건을 겹겹이 포개어 얹어 놓다.

• 책상에 먼지가 쌓이다.

❷ 물건을 포개어 얹어서 구조물을 이루다.

• 쉬지 않고 벽돌을 올리자, 담은 점점 높이 쌓여 갔다.

❸ 밑바탕을 닦아서 든든하게 마련하다.

• 학문의 기초가 쌓이니 공부가 재미있다.

❹ 경험, 기술, 업적, 지식 따위를 거듭 익혀 이루다.

• 그간 쌓인 경험이 많은 도움이 되었다.

❺ 재산, 명예 또는 불명예, 신뢰 또는 불신 따위를 많이 얻거나 가지다.

• 그 둘 사이에는 나날이 신뢰가 쌓여 갔다.

❻ 할 일이나 걱정, 피로 따위가 한꺼번에 겹치다.

• 친구에게 빚이 쌓이다.

• 할 일이 태산같이 쌓였다.

뇌섹남
으로
가는 길

STEP 5

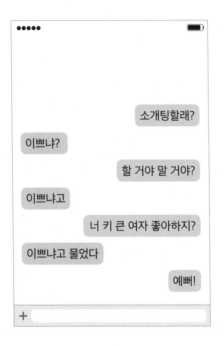

47

소개팅할래?

이쁘냐?

할 거야 말 거야?

이쁘냐고

너 키 큰 여자 좋아하지?

이쁘냐고 물었다

예뻐!

예쁘다와 이쁘다

예쁘다와 이쁘다 중 어떤 것이 바른 말일까요? 정답은 둘 다입니다. 과거에는 이쁜 사람을 봐도 이쁘다고 속 시원히 말할 수 없었습니다. 이쁘다는 틀리고 예쁘다만 맞는 말이었기 때문이지요. 하지만 발음이 비슷한 단어들이 다 같이 널리 쓰이는 경우 그 모두를 표준어로 삼는다는 표준어 규정의 원칙에 따라 지금은 이쁘다도 표준어로 인정되었답니다.

그러니 어떤 말을 써야 할지 고민하지 마시고 호감을 가지고 있는 사람에게 무조건 예쁘다, 이쁘다, 참 이쁘다 칭찬해 주세요. 예쁘다는 말을 싫어하는 사람은 없을 테니까요. 혹시나 예쁜 여자만 좋아하는 남자로 비추어지지는 않을까 걱정하지 마세요. 말을 안 해서 그렇지 여자들도 이쁜 남자 무지하게 좋아하거든요.

함께 알기

대답할 때는 예라고 해야 할까요, 네라고 해야 할까요? 아무거나 상관없습니다. 예와 네 역시 복수표준어입니다.

예쁘다
〔예ː쁘다〕

❶ 생긴 모양이 아름다워 눈으로 보기에 좋다.

- 얼굴이 예쁘다. / 옷이 예쁘다.
- 그녀는 인형처럼 예뻤다.
- 예쁜 꽃

❷ 행동이나 동작이 보기에 사랑스럽거나 귀엽다.

- 하는 짓이 예쁘다.
- 걸음걸이가 참 예쁘구나.

❸ 아이가 말을 잘 듣거나 행동이 발라서 흐뭇하다.

- 말을 잘 들어서 참 예쁘구나.
- 이리 가져오면 예쁘지.

이쁘다

〔같은 말〕 예쁘다.

- 너 참 이쁘다.

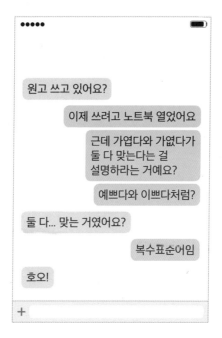

48

원고 쓰고 있어요?

이제 쓰려고 노트북 열었어요

근데 가엽다와 가엾다가
둘 다 맞는다는 걸
설명하라는 거예요?

예쁘다와 이쁘다처럼?

둘 다... 맞는 거였어요?

복수표순어임

호오!

가엽다와
가엾다

사람들은 작가가 글을 잘 써서 책이 재미있는 줄 압니다. 작가 역시 지가 잘나서 책이 잘 팔리는 줄 알지요. 하지만 절대 그렇지 않습니다. '초고'라는 표현이 괜히 있는 게 아닙니다. 편집자가 만지지 않은 원고는 그야말로 날것에 가깝습니다. 문장이나 구성이 허술한 것은 물론이요, 그나마 한 권의 책으로 묶이지 않으면 종이 쪼가리에 불과할 테니까요.

그런 의미에서 저는 저의 담당 편집자를 신뢰합니다. 이 책을 기획한 것도 그녀, 저에게 글을 쓸 기회를 준 것도 그녀, 원고가 부족하니까 더 쓰라고 닦달을 하는 것도 그녀, 때려죽여도 못 쓰겠다고 징징거리면 술을 사주는 것도 그녀, 가엽다와 가엾다를 헷갈려 하는 독자를 위해 이것을 꼭 써달라고 당부한 것도 그녀이기 때문입니다.

저는 어제 그녀에게 양꼬치에 칭따오를 얻어먹고 글을 쓸 기운을 냈습니다. 그런데 책상에 앉아 원고를 쓰려니 갑자기 궁금해지더군요. 가엽다와 가엾다는 둘 다 맞는 말인데 뭘 쓰라는 거지? 둘 다 맞는다는 걸 설명하라는 건가? 그녀에게 연락을 해서 물었습니다. 그러자 돌아오는 그녀의 대답. "둘 다… 맞는 거였어요?"

네, 둘 다 맞습니다. 이유는 두 번 설명하지 않겠습니다. 앞

페이지의 예쁘다와 이쁘다랑 똑같은 경우거든요. 유명 출판사에서 책을 수십 권 만들어 낸 그녀도 헷갈리는 맞춤법을 여러분이 모르는 것은 어찌 보면 당연한 일입니다. 이미 알고 있었다면 아이고, 장하다 내 독자! 어쨌거나 저는 저의 담당 편집자를 여전히 신뢰합니다. 왜냐하면 쪽팔려서 이 페이지를 삭제할 만도 한데 여러분에게 자신감을 심어 주기 위해서 제 한 몸을 희생했잖아요.

가엽다
〔가ː엽따〕

마음이 아플 만큼 안되고 처연하다.
〔같은 말〕 가엾다.

- 그렇게 열심히 일했는데 수고했다는 말 한마디 듣지 못하다니 가엽기도 해라.

가엾다
〔가ː엽따〕

마음이 아플 만큼 안되고 처연하다.
〔비슷한 말〕 가엽다.

- 트럼프를 보며 미국인들을 걱정하기에는 한국인들이 더 가엾다.

자주 쓰는 복수표준어가 생각보다 많네요. 아래 낱말들은
모두 표준어입니다. 스윽 훑어보고 넘어가서요.

간질이다	간지럽히다	삐치다	삐지다
거치적거리다	걸리적거리다	살쾡이	삵
꺼림칙하다	께름칙하다	삽살개	삽사리
끼적거리다	끄적거리다	세간	세간살이
겸연쩍다	계면쩍다	손자	손주
괴발개발	개발새발	쇠고기	소고기
귀걸이	귀고리	쌉싸래하다	쌉싸름하다
남우세스럽다	남사스럽다	야멸치다	야멸차다
눈초리	눈꼬리	어수룩하다	어리숙하다
늑장	늦장	여쭈다	여쭙다
딴전	딴청	여태	입때
떨어뜨리다	떨구다	연방	연신
뜰	뜨락	오순도순	오손도손
두루뭉술하다	두리뭉실하다	짜장면	자장면
만날	맨날	찌뿌듯하다	찌뿌둥하다
매스껍다	메스껍다	철딱서니	철따구니
메슥거리다	매슥거리다	치근거리다	추근거리다
메우다	메꾸다	태껸	택견
묏자리	묫자리	토담	흙담
바동바동	바둥바둥	품새	품세
벌레	버러지	허섭스레기	허접쓰레기
복사뼈	복숭아뼈	헷갈리다	헛갈리다
복받치다	북받치다		

로서와
로써

로서는 신분이나 자격을 나타내는 말입니다. 저는 이 책의 저자로서 글을 쓰고 있고, 여러분은 이 책의 독자로서 글을 읽고 있는 것이지요. 반면에 로써는 수단이나 도구를 나타낼 때 사용할 수 있는데요. 여러분은 이 책으로써 바른 맞춤법을 익혀 애인을 얻고, 저는 여러분이 이 책을 살 때 지불한 돈으로써 먹고살게 되는 것이지요.

둘 중에 어떤 것을 써야 하는지 헷갈릴 때는 '-을(를) 써서'를 넣어 보세요. 문장이 자연스럽게 느껴진다면 로써를, 그렇지 않다면 로서를 쓰시면 됩니다. 어디 한번 확인해 볼까요? 윗 문단을 설명한 대로 바꾸어 보겠습니다.

> 로서는 신분이나 자격을 나타내는 말입니다. 저는 이 책의 **저자를 써서** 글을 쓰고 있고, 여러분은 이 책의 **독자를 써서** 글을 읽고 있는 것이지요. 반면에 로써는 수단이나 도구를 나타낼 때 사용할 수 있는데요. 여러분은 **이 책을 써서** 바른 맞춤법을 익혀 애인을 얻고, 저는 여러분이 이 책을 살 때 지불한 **돈을 써서** 먹고살게 되는 것이지요.

로서와 로써를 어디에 어떻게 써야 할지 보이시나요? 혹시 이것도 좀 어렵게 느껴지신다면 방법이 하나 더 있기는 합니다. 로서고 로써고 골치 아프게 구분하지 말고 그냥 대충 '로'로 얼버무려 버리는 것입니다. 확인해 봅시다.

로서는 신분이나 자격을 나타내는 말입니다. 저는 이 책의 **저자로** 글을 쓰고 있고, 여러분은 이 책의 **독자로** 글을 읽고 있는 것이지요. 반면에 로써는 수단이나 도구를 나타낼 때 사용할 수 있는데요. 여러분은 이 **책으로** 바른 맞춤법을 익혀 애인을 얻고, 저는 여러분이 이 책을 살 때 지불한 **돈으로** 먹고살게 되는 것이지요.

용법을 정확히 알고 적재적소에 사용할 수 있다면야 더할 나위 없이 좋겠지만 어쨌거나 말만 통하면 되는 거 아니겠습니까! 우리가 알아야 할 맞춤법이 한두 개가 아니니 이 정도 요령은 피워 가며 살자고요.

로서

❶ 지위나 신분 또는 자격을 나타내는 격 조사.

• 그것은 교사로서 할 일이 아니다.

• 언니는 아버지의 딸로서 부족함이 없다고 생각했다.

❷ (예스러운 표현으로) 어떤 동작이 일어나거나 시작되는 곳을 나타내는 격 조사.

• 이 문제는 너로서 시작되었다.

로써

❶ 어떤 물건의 재료나 원료를 나타내는 격 조사. '로'보다 뜻이 분명하다.

• 콩으로써 메주를 쑤다.

- 쌀로써 떡을 만든다.

❷ 어떤 일의 수단이나 도구를 나타내는 격 조사. '로'보다 뜻이 분명하다.

- 말로써 천 냥 빚을 갚는다고 한다.
- 이제는 눈물로써 호소하는 수밖에 없다.

❸ 시간을 셈할 때 셈에 넣는 한계를 나타내거나 어 떤 일의 기준이 되는 시간임을 나타내는 격 조사. '로'보다 뜻이 분명하다.

- 고향을 떠난 지 올해로써 20년이 된다.
- 시험을 치는 것이 이로써 일곱 번째가 됩니다.

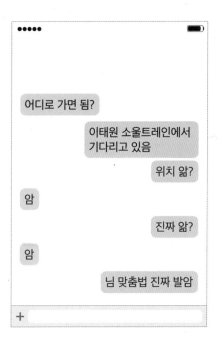

50

어디로 가면 됨?

이태원 소울트레인에서 기다리고 있음

위치 앎?

암

진짜 앎?

암

님 맞춤법 진짜 발암

우리는 인터넷에 글을 쓰거나 친구에게 메시지를 보낼 때 주로 명사형 종결 어미를 씀. 어려운 말 나왔다고 겁먹을 거 없음. 그냥 말끝을 이렇게 쓰는 게 바로 그것임. 간단명료한 느낌이 들어서 개인적으로도 선호함. 누구한테 뭘 물어볼 때만 사용하지 않는다면 문법적으로도 아무런 문제가 없음.

명사형 종결 어미를 만드는 방법은 설명하지 않아도 모두가 알 것임. 문장을 ㅁ으로 끝내면 됨. 하지만 주의할 게 하나 있음. 알다, 놀다, 들다처럼 **ㄹ받침이 들어가는 말은 ㅁ이 아닌 ㄻ으로 마무리 지어 줘야 함.** 그러니까 암, 놈, 듬이 아니라 앎, 놂, 듦이라고 써야 한다는 말임.

잘 모르겠으면 **삶**을 생각해 보면 됨. 삶을 괜히 삼이라 쓰는 게 아니라 살다에 ㄹ받침이 들어가니까 ㄻ으로 마무리 지어서 삶이라고 쓰는 것임. 삶을 삼이라 쓰는 사람은 없을 테니까 이것을 본보기 삼아 다른 단어에도 적용해 보면 어렵지 않게 외울 수 있을 거라는 생각이 듦.

여러분이 무슨 생각을 하고 있는지 다 앎. 이런 문법 자체가 낯섦. 외울 것이 늘어날수록 머리가 돎. 나이 먹고 맞춤법 공부하려니 너무 힘듦. 그래도 내가 여러분 잘되라고 개고생해 가며 이거 만듦. 여기서 책 덮으면 나 욺. 인내는 쓰고 열매는 닮. 이 책에 나온 맞춤법만 제대로 알아도 여자가 그냥 넘어온다는 데 내 이름을 걺!

51

이따가와
있다가

이따가

전화할게 말하는 대신

있다가

조금만 더 있다가 가지

– 이주윤 미발표 초단편 시집,

〈네까짓 게 뭐가 그렇게 바빠서〉 중에서

이따가, 다음에, 나중에처럼 언제일지도 모를 시간을 기약하지 마세요. 그때까지 그녀가 당신 곁에 머무르리라는 보장은 없습니다. 연애에 있어서 가장 중요한 것은 함께하는 것입니다. 그리 바쁘지 않은 거 다 알고 있으니 지금 당장 그녀를 찾아가세요. 귀찮으니 제발 좀 가라고 등 떠밀어 쫓아 보낼 때까지, 되도록 오래오래 있다가 오세요.

이따가 조금 지난 뒤에.

〔비슷한 말〕 이따

- 좀 이따가 갈게.
- 이따가 단둘이 있을 때 얘기하자.
- 이따가 날이 어두워지면 가려고 했지요.
- 뭐고요? 이따가 전화드릴게요.

있다가 용언 '있-'에 '어떤 동작이나 상태 따위가 중단되고 다른 동작이나 상태로 바뀜을 나타내는 연결 어미'인 '-다가'가 결합한 형태.

- 며칠 더 있다가 가.
- 편집자가 밤새 도끼눈을 뜨고 우리 집에 있다가 갔다.

52

한글 맞춤법 조항은 도대체 누가 만든 것일까요? 아무리 읽고 또 읽어 보아도 제51항은 너무 터무니없어서 콧방귀가 절로 뀌어집니다. 부사의 끝음절이 분명히 이로만 소리 나는 것은 이로 적고 히로만 소리 나거나 이, 히로 소리 나는 것은 히로 적으랍니다. 그러니까 깨끗이와 깨끗히 중 어떤 것이 맞는 말인지 알고 싶을 때는 소리 내서 읽어 보라는 거예요. 깨끗이로 소리 나면 깨끗이로 적고 깨끗히로 소리 나면 깨끗히로 적으라 이거지요. 아니, 근데 나는 깨끄시랑 깨끄치 중에 어떤 게 맞는 발음인지 모르겠는데?

저같이 시비를 거는 사람이 많았던 모양인지 이런 해설을 덧붙여 놓았습니다. "이 규정은 모호하게 해석될 수도 있다. 발음자의 습관에 따라 다르게 인식될 수 있기 때문이다. 그러므로 이러이러한 규칙을 제시한다." 하면서 아니 무슨 규칙을 한 바닥 적어 놨어! 그리고 또 마지막에는 뭐라는 줄 알아요? "이것은 앞으로 더 검토해야 할 것이므로 현재로서는 이 규칙이 모든 경우에 반드시 적용된다고는 단정하지 못한다."

저 길고 구질구질한 설명을 한 문장으로 줄여 볼까요? '나도 모르니까 그만 물어보고 사전 찾아 봐!' 입니다. 실상이 이러하니 저 역시 여러분에게 설명해 드릴 것이 없네요. 정말 미안해요. 하지만 방법이 없는 건 아닙니다. 모르면 안 쓰면 됩니다. 그럼에도 꼭 써야 한다면 비슷한 말로 바꾸어 쓰면 됩니다.

깨끗이와 깨끗히 중 맞는 말은 깨끗이입니다. 쓰기는 써야겠는데 어떻게 써야 할지 모르겠다면 깨끗하게 정도로 바꾸어 쓰세요. 깨끗이 닦으나 깨끗하게 닦으나 그게 그거니까요.

꼼꼼이와 꼼꼼히 중 맞는 말은 꼼꼼히입니다. 이것은 구석구석 정도로 바꾸어 쓰면 되겠네요. 꼼꼼히 살펴라나 구석구석 살펴라나 뜻은 통하기 마련이니까요. 바꾸어 쓸 말이 생각나지 않을까 하는 걱정은 접어 두세요. 여러분의 어휘력은 생각보다 풍부하답니다.

| **-이** | ❶ (일부 형용사 어근이나 어간 뒤에 붙어) 부사를 만드는 접미사. |

- 깊숙이 / 수북이 / 끔찍이
- 많이 / 같이 / 높이

❷ (일부 1음절 명사의 반복 구성 뒤에 붙어) 부사를 만드는 접미사.

- 집집이 / 나날이 / 다달이 / 일일이 / 낱낱이 / 겹겹이

| **-히** | (일부 형용사 어근 뒤에 붙어) 부사를 만드는 접미사. |

- 조용히 / 무사히 / 나란히 / 영원히

설렘과
설레임

이게 다 '설레임'이라는 아이스크림 때문이에요. 설레다라는 말은 있어도 설레이다라는 말은 없거든요. 그러므로 이를 활용하여 만든 설렘은 맞는 말이지만 설레임은 틀린 말이라고 할 수 있지요. 하지만 어쩐지 저는 설레임이라는 말이 더 좋아요. 왜냐하면 너무나 부드럽고 문학적으로 느껴지잖아요. 저만 이렇게 생각하는 건 아닐 거예요. 많은 시와 노래에서 설레임이라는 말을 사용하고 있으니까요. 제 말투가 갑자기 왜 이렇게 나긋해졌죠? 잊고 있었던 문학소녀의 꿈이 되살아났나 보아요.

저는 원래 유명한 소설가가 되고 싶었답니다. 이런 근본 없고 저질스러운 글을 쓰게 될 줄은 꿈에도 생각하지 못했어요. 하지만 소설가가 되는 길은 멀고도 험했지요. 갈 길을 잃고 한참을 헤매인 것은 물론, 목메이게 울기도 해봤답니다. 이 문장 역시 '헤맨 것은 물론, 목메게 울기도 해봤다'라고 쓰는 게 맞지만, 싫어! 이렇게라도 문학적인 문장을 쓰게 날 좀 내버려 둬!

하지만 여러분이 문학에 뜻을 가지고 있는 것이 아니라면 설렘, 헤맴, 목멤으로 바르게 쓰셔요. 저는 누가 뭐래도 시적 허용이라고 빡빡 우기면서 내 마음대로 쓸라니까. 이렇게 꿈을 잃지 않고 되뇌이다 보면 언젠가는 소설가가 될 수 있겠지요? "어, 맞춤법 틀렸어요! 되뇌이다 아니고 되뇌다 인데요?"라고 저를 질책하지 마세요. 시적 허용이라고.

설레다   ❶ 마음이 가라앉지 아니하고 들떠서 두근거리다.

                • 소개팅녀가 예쁘게 생겼다니 가슴이 설렌다.

              ❷ 가만히 있지 아니하고 자꾸만 움직이다.

                • 소풍 때문에 학교 안이 설레고 있어서 아무것도 할 수가 없었다.

              ❸ 물 따위가 설설 끓거나 일렁거리다.

띄어쓰기

한글 사용자 중 띄어쓰기를 제대로 하는 사람은 아무도 없을 겁니다. 저는 물론이고요. 편집자도 국립국어원에 물어봐야 되고요. 국립국어원 직원들도 알려 주기는 알려 주는데 국어사전 찾아가며 알려 주고요. 세종대왕님께 여쭤보면 띄어쓰기? 그게 뭔데? 하실 겁니다.

원래한글에는띄어쓰기가없었습니다.한글은띄어쓰지않더라도읽고이해할수있는문자이기때문이지요.그러나이를불편하게여겼던어느외국인이한글에도영어처럼띄어쓰기를도입해버렸습니다. "이렇게 띄어 쓰면 읽기 편하잖아, 이 조선 놈들아!" 하면서 말이지요. 붙여 쓰는 것보다 확실히 눈에 잘 들어오기는 하네요.

오, 역시 서양 문물! 띄어쓰기가 꽤나 마음에 들었던 조상님들은 각 단어를 띄어 쓰는 영어식 띄어쓰기를 한글에 정착시키기에 이릅니다. 문제는 이것이 한글에 맞지 않는 옷이라는 점이지요. 한글은 영어와 다르게 어디서부터 어디까지 단어인지 구분하기가 무척이나 애매하거든요.

이리하여 어느 누구도 제대로 사용할 줄 모르는 한글식 띄어쓰기가 탄생하게 되었습니다. 불행 중 다행인 사실은 모두가 틀리기 때문에 틀려도 쪽팔릴 일이 별로 없다는 겁니다. 하지만 여기에도 최소한의 원칙은 존재합니다. 조금이라도 더 신뢰받는 글을 쓰고 싶다면 알아 두는 편이 좋겠지요.

이 책이 지향하는 바는 최소한의 맞춤법을 최대한 쉽게 설명하는 것입니다. 그러나 이 부분에서는 어쩔 수 없이 문법 용어를 써야겠네요. 앞선 글들과 다르게 다소 딱딱하게 느껴질지도 모르겠지만 그래도 읽을 만하게 써볼 테니 천천히 따라오세요.

1. 문장의 각 단어는 띄어 씀을 원칙으로 한다.

그다지 동의하지는 않습니다만, 한글 맞춤법 제2항에 따르면 글은 단어를 단위로 하여 띄어 쓰는 것이 가장 합리적이라고 합니다.

> 요렇게, 요런 식으로 띄엄띄엄.

어, 근데 뭔가 좀 이상하다? '식으로'가 한 단어인가요? 국어사전에 '식으로'라는 말은 없는데요? 원칙대로 쓰자면 '식 으로'라고 띄어 써야 하는 거 아닌가요?

2. 다만, 조사는 그 앞말에 붙여 쓴다.

언제는 다 띄어 쓰라더니 조사는 또 붙여 쓰입니다 이랬다가 저랬다가 왔다갔다 아주 지 마음대로네요. 하지만 그다지 성을 낼 필요는 없습니다. 우리는 이미 습관처럼 **은, 는, 이, 가, 을, 를, 와, 과, 에서, 으로, 께서**와 같은 조사를 앞말에 붙여 쓰고 있기 때문이지요. 띄어 쓰래도 영 어색해서 그럴 수 없을 것입니다. 이를테면 이런 것들요.

여자**가**

여자**마저**

여자**밖에**

여자**이다**

여자**처럼**

여자**도**

여자**는**

여자**만**

이때 한 가지만 유의해 주세요. 단어 뒤에 조사가 여러 개 나오면 어떻게 쓸까 고민할 것 없이 모조리 붙여 쓰시면 됩니다. 이렇게 말입니다.

여기서부터입니다그려

보기만 해도 속 터지게 생긴 이 문장은 **여기**(단어)+**서**(조사)+**부터**(조사)+**입니다**(조사)+**그려**(조사) 이기 때문에 이렇게 붙여 써야 한답니다그려.

3. 의존명사는 띄어 쓴다.

명사란 남자, 여자, 연애처럼 무언가의 이름을 나타내는 품사입니다. 명사의 한 종류인 의존명사는 **명사는 명사인데 혼자서는 쓰일 수 없는 명사**를 뜻하고요. **것, 데, 바, 듯, 따위** 등이 이에 속합니다. 비록 독립성은 없지만 그래도 명사는 명사니까 다른 단어들처럼 띄어 써야 한답니다.

> 사랑이라는ˇ**것**은 뭘까
>
> 나도 여자를 사귈ˇ**수** 있다
>
> 클럽 같은ˇ**데** 가면 여자가 있나
>
> 줄ˇ**듯** 말ˇ**듯**
>
> 만날ˇ**만큼** 만나라
>
> 걔랑 헤어진ˇ**지가** 언젠데

그런데 경우에 따라 의존명사도 됐다가 조사도 됐다가 하는 단어들이 있습니다. 그러니까 눈으로 보기에는 똑같은 단어인데도 어쩔 때는 떼었다가 또 어쩔 때는 붙였다가 해야 한다는 말이지요. 이를 구분하기 위해서는 문장을 분석하고 사전도 찾아보고 해야 하는데요. 우리가 뭐 수험생도 아니고 먹고살기 바빠 죽겠는데 언제 그 짓을 하고 있답니까. 솔직히 말해서 그까짓 거 붙여 쓰든 띄어 쓰든 아무도 신경 안 씁니다. 그러니까 너무 스트레스 받지 마시고 그냥 이런 게 있구나, 눈으로만 보고 넘어가세요.

◇◇◇◇◇ **뿐**

○ 한정의 뜻을 나타낼 때는 **조사**이므로 붙여 씁니다.
  → 나는 너**뿐**이야.

○ 어찌할 따름이라는 뜻을 나타낼 때는 **의존명사**이
  므로 띄어 씁니다.
  → 너를 사랑할ˇ**뿐**이야.

◇◇◇◇◇ **대로**

○ 달라짐이 없거나 따로따로 구별됨을 나타낼 때는
  조사이므로 붙여 씁니다.
  → 네 마음**대로** 해. / 너는 너**대로** 나는 나**대로** 살자.

○ 어떤 모양이나 상태 또는 할 수 있는 만큼 최대한
  의 뜻을 나타낼 때는 **의존명사**이므로 띄어 씁니다.
  → 듣던ˇ**대로** 잘생기셨네요. / 될 수 있는ˇ**대로** 빨리
    만나고 싶어요.

◇◇◇◇◇ **만큼**

○ 앞말과 비슷함을 나타낼 때는 **조사**이므로 붙여 씁
  니다.
  → 내가 너**만큼** 사랑한 사람은 없어.

○ 앞의 내용에 상당한 수량이나 정도 또는 뒤에 나
  오는 내용의 원인이나 근거가 됨을 나타낼 때는 **의
  존명사**이므로 띄어 씁니다.

→ 사랑은 주는˅**만큼** 돌아오는 거야. / 너를 믿었던˅**만큼** 배신감도 컸어.

∞∞∞ **만**

○ 한정 또는 강조하는 뜻을 나타낼 때는 **조사**이므로 붙여 씁니다.

→ 너는 입**만** 살았어.

○ 경과한 시간을 나타낼 때는 **의존명사**이므로 띄어 씁니다.

→ 삼 년˅**만**에 다시 만났네.

∞∞∞ **지**

○ 추측에 대한 막연한 의문을 나타낼 때는 **어미***이므로 붙여 씁니다.

→ 네가 뭐라고 변명할**지** 궁금하다.

○ 경과한 시간을 나타낼 때는 **의존명사**이므로 띄어 씁니다.

→ 우리 알고 지낸˅**지** 십 년이나 됐어.

* 어미: 단어가 활용될 때 변하는 부분으로 앞말과 붙여 씀.

∞∞∞ **데**

○ 뒷말을 연결해 주거나 문장을 마무리 지을 때는 **어**

미이므로 붙여 씁니다.

→ 네가 좋기는 한데 그만큼 싫기도 해. / 바람피우다가
걸리니까 개소리 잘하데.

○ 장소, 것, 경우를 나타낼 때는 **의존명사**이므로 띄
어 씁니다.

→ 마음이 딴ᵛ**데**ᵛ가 있네. / 찔리는ᵛ**데** 있니? / 너와의
추억을 써먹을ᵛ**데**가 없구나.

4. 단위를 나타내는 명사는 띄어 쓴다.

과자 한ᵛ개

책 한ᵛ권

자동차 한ᵛ대

강아지 한ᵛ마리

코트 한ᵛ벌

연필 한ᵛ자루

서른두ᵛ살

아파트 한ᵛ채

신발 한ᵛ켤레

부부 한ᵛ쌍

위의 경우처럼 단위를 나타낼 때는 명사로 쓰이므로 띄어

씁니다. 한편, 다음의 경우에는 붙여 쓸 수 있습니다.

○ 순서를 나타내는 경우
→ 삼층, 일학년, 육십칠번, 274번지, 제1연구실

○ 연월일, 시각을 나타내는 경우
→ 일천구백팔십육년 오월 이십오일, 열두시 사십팔분

○ 아라비아 숫자 뒤에 붙는 경우
→ 35원, 42마일, 26그램, 3년 6개월 20일간

5. 수를 적을 적에는 만萬 단위로 띄어 쓴다.

십이억ˇ삼천사백오십육만ˇ칠천팔백구십팔

12억ˇ3456만ˇ7898

6. 두 말을 이어 주거나 열거할 때 쓰이는
다음의 말들은 띄어 쓴다.

목사 **겸** 승려

열 **내지** 스물

여자 **대** 남자

모텔, 호텔 **등**

친구 **및** 형님들

맥주, 소주 **등등**

사케, 양주 **등속**

연남동, 이태원 **등지**

7. 보조용언은 띄어 씀을 원칙으로 하되
    경우에 따라 붙여 씀도 허용한다.

용언이란 문장에서 서술의 기능을 하는 단어를 뜻합니다. 보조용언이란 용언 중 홀로 쓰이지 못하고 다른 용언 뒤에 붙어 의미를 더해 주는 역할을 하지요. 보조용언도 단어이기 때문에 원칙대로라면 띄어 쓰는 것이 맞습니다.

하지만 방금 설명했다시피 보조용언은 혼자서는 쓸 수 없는 나약한 단어이기 때문에 경우에 따라 앞말에 붙여 쓰는 것이 허용됩니다. 그러니까 사랑이 **식어 간다**고 띄어 쓰는 것이 원칙이지만 사랑이 **식어간다**고 붙여 쓰는 것도 허용된다는 말이지요.

맞춤법 조항을 보면 이에 대한 예시가 줄줄 나열되어 있고, 개중에 또 예외가 있다면서 그에 대한 예시도 좔좔 떠들어 대고 있습니다. 도대체 이걸 어떻게 설명해야 하나, 너무 어려워서 몇 번을 거듭하여 읽어 본 결과! 경우 따지며 붙여 쓸 생각 말고 그냥 다 띄어 쓰면 된다는 결론이 내

려졌습니다. 내가 썼지만 거 참 명쾌하다!

그렇지만 저는 알아요. 여러분 이거 안 읽고 있죠? 용언이
랑 보조용언이라는 말 나오자마자 건너뛰어 버렸죠? 지금
나 혼자 떠들고 있는 거 맞죠? 괜찮아요. 몰라도 돼요. 사
는 데 아무 지장 없어요.

띄다와 띠다와 떼다

띄다는 뜨이다 또는 띄우다가 줄어든 말입니다. 무언가가 눈에 뜨이게 보이거나 남들보다 눈에 뜨이게 두드러질 경우 또는 간격을 띄울 때에 사용할 수 있지요. 예를 들자면 이런 겁니다.

> "서점을 어슬렁거리다가 이 책이 눈에 띄어 집어 들게 되었다. 몇 페이지 읽어 보니 다른 맞춤법 책보다 눈에 띄게 쉽고 재미난 데다가 유익하기까지 하여 구입하기에 이르렀다. 맞춤법과 띄어쓰기를 포기하고 살아왔던 나이지만 이번만큼은 할 수 있다는 생각이 들었다."

여기까지, 설명을 빙자한 자화자찬.

이를 제외한 나머지 경우, 그러니까 사명, 감정, 빛깔, 성질 등을 나타낼 때는 띠다를 쓰시면 됩니다. 다시 한번 예를 들자면 이런 겁니다.

> "맞춤법을 통달하겠다는 사명을 띠고 책을 펼쳤다. 어떤 페이지는 너무 재미있어서 미소를 띠었고, 어떤 페이지는 너무 야릇해서 홍조를 띨 수밖에 없었다. 변태적 성향을 띤 책이긴 하지만 맞춤법 실력 향상에 많은 도움이 되었음을 부인하지 않겠다."

여기까지, 흔한 엎드려 절 받기.

띠다로 발음하기 쉬운 떼다는 사용이 매우 다양합니다. 쉽게 생각해서 붙어 있던 것을 떨어지게 하는 것이라고 생각하시면 되는데요. 마지막으로 예를 들자면 이런 겁니다.

> "이 책 덕에 맞춤법을 뗄 수 있었다. 이제 책에서 손을 떼
> 고 그녀에게 메시지를 보낼 일만 남았다. 그녀는 틀린 맞
> 춤법 하나 없는 나의 메시지에서 눈을 뗄 수 없을 것이다.
> 그녀의 애인이 되는 일은 떼어 놓은 당상이다."

여기까지, 잘 되면 내 덕, 못 되면 네 탓.

띄다
〔띠:다〕

❶ '뜨이다(눈에 보이다)'의 준말.
- 원고에 가끔 오자가 눈에 띈다.

❷ '뜨이다(남보다 훨씬 두드러지다)'의 준말.
- 눈에 띄게 훤칠한 당신!
- 요즘 들어 형의 행동이 눈에 띄게 달라졌다.

❸ '띄우다('뜨다'의 사동사)'의 준말.
- 두 줄을 띄고 써라.
- 다음 문장을 맞춤법에 맞게 띄어 쓰시오.
- 우리는 일정한 간격으로 벽돌을 띄어서 세웠다.

띠다
〔띠 : 다〕

❶ 띠나 끈 따위를 두르다.
- 치마가 흘러내리지 않게 허리에 띠를 띠다.

❷ 물건을 몸에 지니다.
- 그 남자는 품에 칼을 띠고 있었다.

❸ 용무나, 직책, 사명 따위를 지니다.
- 그는 중대한 임무를 띠고 떠났다.

❹ 빛깔이나 색채 따위를 가지다.
- 붉은빛을 띤 장미 / 홍조를 띤 너의 얼굴

❺ 감정이나 기운 따위를 나타내다.
- 대화는 열기를 띠기 시작했다.

❻ 어떤 성질을 가지다.
- 보수적 성격을 띠다.

떼다
〔떼 : 다〕

❶ 붙어 있거나 잇닿은 것을 떨어지게 하다.
- 벽에서 벽보를 떼다. / 옷에서 상표를 떼다.

❷ 전체에서 한 부분을 덜어 내다.
- 월급에서 식대를 떼어 간다.

❸ 어떤 것에서 마음이 돌아서다.
- 정을 떼기가 너무 어렵다.

❹ 눈여겨 지켜보던 것을 그만두다.
- 잠시도 아이에게서 눈을 떼지 않고 돌보았다.

❺ 장사를 하려고 한꺼번에 많은 물건을 사다.
- 시장에서 물건을 도매로 떼다가 소매로 판다.

❻ 함께 있던 것을 홀로 남기다.

• 그는 강아지를 떼어 놓고 친구와 함께 저수지로 갔다.

❼ 걸음을 옮기어 놓다.

• 발걸음을 떼다. / 첫걸음을 뗐다.

❽ 말문을 열다.

• 그는 좀처럼 입을 떼지 않았다.

❾ 아기를 유산시키다.

• 아이를 떼는 상황이 왜 여자만의 책임입니까?

❿ 배우던 것을 끝내다.

• 수학을 떼다. / 천자문을 떼다.

⓫ 성장의 초기 단계로서 일상적으로 하던 일을 그치다.

• 젖을 떼다. / 이유식을 떼다.

⓬ 수표나 어음, 증명서 따위의 문서를 만들어 주거나 받다.

• 주민등록등본을 떼다. / 진단서를 떼다.

• 그는 어제 신호 위반 딱지를 뗐다.

우리가 가장
자주 틀리는
맞춤법 360개

결국 여기까지 오셨네요. 정말, 정말, 정말로 수고 많으셨습니다. 제 앞에 계신다면 흑심을 가득 담아 꼬오옥 안아 드리고 싶은데 그럴 수가 없으니 못내 아쉽네요. 혹시 이 책을 읽는데 누가 다가와서 더듬거리면 저인 줄 아셔요. 고맙고 기특해서 그러는 거니까 너무 놀라지는 마시고.

이제 마지막이고 하니 저도 허심탄회하게 얘기할게요. 매번 쿨한 척하며 이거 아무것도 아니야! 엄청 쉬운 거야! 하고 이야기를 늘어놓았지만 실은 더럽게 곤혹스러웠답니다. 맞춤법을 쉬운 말로 표현한다는 게 너무나 어렵게만 느껴졌거든요. 맞춤법이 그냥 그런 건데 뭐, 어쩌라고, 이걸 어떻게 설명하라고! 하면서 말이지요.

"세상의 모든 말을 책에 담을 수는 없었습니다." 따위의 구차한 변명은 하지 않을게요. 최소한의 맞춤법만을 다룬 것은 사실이지만 설명하기 곤란한 것들을 쏙 빼놓은 것 역시 사실이거든요. 어렵고 뻔한 이야기로 페이지를 채우고 싶지 않았던 저의 마음을 여러분이 조금이라도 헤아려 주신다면 저는 기쁨의 깨춤을 출 거예요.

하지만 이래 놓고 보니 영 뒤가 구리더군요. 명색이 맞춤법 책인데 정녕 이대로 끝내도 되는 것일까! 그리하여 설명하기 어려웠던, 사실은 몰라도 그만인, 그러나 알아두면 나쁠 것은 없는 맞춤법을 스리슬쩍 투척하고 저는 이만 떠나려 합니다. 제 마음 편하자고 이런 숙제를 남겨 둬서 미안해요. 그럼 고생해요. 만나면 진짜 안아 드릴게!

X	O	X	O
가늘다랗다	가느다랗다	귀향살이	귀양살이
간지르다	간질이다	귓볼	귓불
갖히다	갇히다	그닥	그다지
강금	감금	길다랗다	기다랗다
가짢다	같잖다	기달리다	기다리다
건데기	건더기	기여이	기어이
걷어부치다	걷어붙이다	까무라치다	까무러치다
개거품	게거품	까발기다	까발리다
개걸스럽다	게걸스럽다	깔대기	깔때기
계시판	게시판	깔아뭉게다	깔아뭉개다
겨땀	곁땀	깨닳다	깨닫다
고즈넉히	고즈넉이	꺽다	꺾다
고추가루	고춧가루	꼬득이다	꼬드기다
고지곧대로	곧이곧대로	꼬라지	꼬락서니
골벵이	골뱅이	꼴갑	꼴값
꿇탕	골탕	꽹가리	꽹과리
골아떨어지다	꿇아떨어지다	꿰뚤다	꿰뚫다
곰곰히	곰곰이	껴맞추다	꿰맞추다
곱배기	곱빼기	꼬매다	꿰매다
공기밥	공깃밥	끝트머리	끄트머리
공항장애	공황장애	끝발	끗발
괄세하다	괄시하다	끝짱	끝장
괴념치	괘념치	끼여들기	끼어들기
괜시리	괜스레	나뭇꾼	나무꾼
교양곡	교향곡	나즈막이	나지막이
구렛나루	구레나룻	나루배	나룻배
궂다	굳다	나꿔채다	낚아채다
귀뜸	귀띔	날라가다	날아가다

X	O	X	O
낭떨어지	낭떠러지	덥치다	덮치다
내노라하다	내로라하다	도찐개찐	도긴개긴
넓다랗다	널따랗다	도르레	도르래
넙적다리	넓적다리	독고노인	독거노인
너댓	네댓	돌맹이	돌멩이
뇌졸증	뇌졸중	돌뿌리	돌부리
누래지다	누레지다	되려	되레
눈꼽	눈곱	두더쥐	두더지
눈꼴시리다	눈꼴시다	뒷굼치	뒤꿈치
눌러붙다	눌어붙다	뒤치닥거리	뒤치다꺼리
느지막히	느지막이	뒷통수	뒤통수
늙으막	늘그막	뒷풀이	뒤풀이
달달이	다달이	뒤부분	뒷부분
달디달다	다디달다	들이붇다	들이붓다
닥달	닦달	딸래미	딸내미
단발마	단말마	떡볶기	떡볶이
단촐하다	단출하다	떫떠름하다	떨떠름하다
단백하다	담백하다	때쓰다	떼쓰다
당췌	당최	땟목	뗏목
댓가	대가	띄워쓰기	띄어쓰기
되갚음	대갚음	띠엄띠엄	띄엄띄엄
되물림	대물림	마뜩찮다	마뜩잖다
대게	대개	맥아리	매가리
대중요법	대증요법	멀건히	멀거니
대채	대체	멋드러지다	멋들어지다
더우기	더욱이	멋적다	멋쩍다
덥썩	덥석	매마르다	메마르다
덥밥	덮밥	모자르다	모자라다

X	O	X	O
목욕재게	목욕재계	비뚜루	비뚜로
몰아부치다	몰아붙이다	비로서	비로소
못쓸	몹쓸	부비다	비비다
무릎팍	무르팍	빈털털이	빈털터리
무뇌한	문외한	뽀개다	빠개다
미끌어지다	미끄러지다	뻐꾹이	뻐꾸기
반짓고리	반짇고리	뻣대다	뻗대다
받아드리다	받아들이다	삭월세	사글세
방방곳곳	방방곡곡	사죽	사족
백분률	백분율	사흘날	사흗날
벌개지다	벌게지다	삵쾡이	살쾡이
벌칙금	범칙금	삼가하다	삼가다
벗꽃	벚꽃	새침떼기	새침데기
배짱이	베짱이	쌩뚱맞다	생뚱맞다
별르다	벼르다	섯달그믐	섣달그믐
벼란간	별안간	섯불리	섣불리
벼라별	별의별	성대묘사	성대모사
병구환	병구완	속알딱지	소갈딱지
복걸복	복불복	소시적	소싯적
본떼	본때	손사레	손사래
볼성사납다	볼썽사납다	솔직이	솔직히
봉숭화	봉숭아	솓구치다	솟구치다
부과세	부가세	수근거리다	수군거리다
불이나케	부리나케	수구리다	수그리다
부추키다	부추기다	쑥맥	숙맥
부폐	부패	숫가락	숟가락
북받히다	북받치다	숯돌	숫돌
북세통	북새통	승락	승낙

X	O	X	O
시덥잖다	시답잖다	얕트막하다	야트막하다
히히덕거리다	시시덕거리다	알궂다	얄궂다
신출나기	신출내기	얇팍하다	얄팍하다
실증	싫증	어리버리	어리바리
쉽상	십상	어물쩽	어물쩍
쌍커풀	쌍꺼풀	어울어지다	어우러지다
썪다	썩다	어쨋든	어쨌든
쏟아붇다	쏟아붓다	어줍잖다	어쭙잖다
쓰임세	쓰임새	엎쳐살다	엎혀살다
쓸대없다	쓸데없다	얼차레	얼차려
씨부리다	씨불이다	얽메이다	얽매이다
아둥바둥	아등바등	얼키고설키다	얽히고설키다
에리다	아리다	응큼하다	엉큼하다
아뭏든	아무튼	엇그제	엊그제
악천우	악천후	웬간히	엔간히
안스럽다	안쓰럽다	여이다	여의다
안절부절하다	안절부절못하다	여지껏	여태껏
안밖	안팎	연필깍기	연필깎이
아다시피	알다시피	옛스럽다	예스럽다
앞정	압정	옛다	옜다
앞존법	압존법	오뚜기	오뚝이
압장서다	앞장서다	오무리다	오므리다
애꿎다	애꿎다	오지랍	오지랖
애닲다	애달프다	옭죄다	옥죄다
애시당초	애당초	왼종일	온종일
엄한	애먼	옳바르다	올바르다
애띠다	앳되다	옴싹달싹	옴짝달싹
야밤도주	야반도주	외곬수	외골수

X	O	X	O
우뢰	우레	장농	장롱
울궈먹다	우려먹다	장마비	장맛비
우겨넣다	욱여넣다	장사속	장삿속
움추러들다	움츠러들다	짱아찌	장아찌
웅큼	움큼	재털이	재떨이
윗어른	웃어른	제작년	재작년
원할하다	원활하다	저녁	저녁
윗층	위층	져버리다	저버리다
웃도리	윗도리	저질르다	저지르다
유도심문	유도신문	절립선	전립선
유래없다	유례없다	전세집	전셋집
육계장	육개장	젖가락	젓가락
으례	으레	젖갈	젓갈
으시대다	으스대다	제사날	제삿날
욱박지르다	윽박지르다	쪽집게	족집게
인권비	인건비	졸립다	졸리다
임마	인마	죄값	죗값
일각연	일가견	쭈꾸미	주꾸미
일부로	일부러	주구장창	주야장천
일사분란	일사불란	중구남방	중구난방
일일히	일일이	지꺼리다	지껄이다
일찌기	일찍이	집개	집게
자그만치	자그마치	짓꺼리	짓거리
잘디잘다	자디잘다	짖궂다	짓궂다
자리보존	자리보전	짖누르다	짓누르다
자초지정	자초지종	짖밟다	짓밟다
짜투리	자투리	짜집기	짜깁기
장단지	장딴지	짧다랗다	짤따랗다

X	O	X	O
짭잘하다	짭짤하다	텃새	텃세
째째하다	쩨쩨하다	통털어	통틀어
찌들리다	찌들다	트름	트림
찌뿌등하다	찌뿌둥하다	파토	파투
찝적대다	찝쩍대다	파해치다	파헤치다
채이다	차이다	판대기	판때기
착출	차출	폐가망신	패가망신
착찹하다	착잡하다	폐륜아	패륜아
찰라	찰나	폐악	패악
체택	채택	팽게치다	팽개치다
처가집	처갓집	퍼붇다	퍼붓다
천정	천장	폐쇄공포증	폐소공포증
철닥서니	철딱서니	폐쇠	폐쇄
철썩같다	철석같다	포복졸도	포복절도
챗비퀴	쳇바퀴	폭팔	폭발
초생달	초승달	풍지박산	풍비박산
촛점	초점	하기사	하기야
초죽음	초주검	할일없이	하릴없이
추스리다	추스르다	하마트면	하마터면
추기금	축의금	한갓	한갓
치고박다	치고받다	한겨례	한겨레
칠흙	칠흑	함부러	함부로
캐캐묵다	케케묵다	해괴망칙	해괴망측
캥기다	켕기다	햇님	해님
콧배기	코빼기	해꼬지	해코지
콧털	코털	핼쓱하다	핼쑥하다
퀘퀘하다	퀴퀴하다	햇쌀	햅쌀
타일르다	타이르다	횡패	행패

X	O
허래허식	허례허식
허투로	허투루
헝겁	헝겊
해프다	헤프다
햇갈리다	헷갈리다
행가래	헹가래
혼자말	혼잣말
혼줄나다	혼쭐나다
홧병	화병
환골탈퇴	환골탈태
황당무개하다	황당무계하다
해까닥	회까닥
회수	횟수
후추가루	후춧가루
후한	후환
회손	훼손
횡하다	휑하다
후뚜루마뚜루	휘뚜루마뚜루
휴계실	휴게실
흉칙하다	흉측하다
흐리멍텅하다	흐리멍덩하다
흠짓	흠집
히귀하다	희귀하다
희안하다	희한하다

틀린 곳 찾기

그녀를 처음 만난 건 어느 십월의 오후였습니다. 혼자서 부암동을 걷고 있든 저를 붙잡으며 그녀가 말했지요. 할 얘기가 있는데 삼간 시간 좀 내줄 수 있냐고 말이예요. 연예를 걸어 보려는 뻔한 수작에 코웃음이 났지만 저는 그런 그녀를 구지 뿌리치지 않았습니다. 왜냐하면 그녀가 너무 예뻣기 때문이지요. 월래부터 예쁜 여자라면 사죽을 못 쓰는 저에게 그녀는 마치 여신처럼 느껴졌습니다.

"커피 한잔 하실레요?" 그녀의 물음에 선뜻 대답하지 못하고 우물쭈물되는 저를 보며 그녀는 빙긋 웃었습니다. 저는 미소를 띤 그녀의 얼굴에 다시 한번 반해 버리고 말았지요. 금새 사랑에 빠져 버린 제 마음을 들어내고 싶지 않았지만 그녀는 이미 알고 있었던 것 같습니다. 지가 작정하고 꼬시면 넘어오지 안는 남자가 없다는 사실을요.

지금과는 틀리게 그때에 부암동은 정말 한적했습니다. 우리는 한참을 걸어 외딴 카페에 들어갔지요. 어쩐지 쑥스러워 자꾸만 헛기침을 하는 저에게 그녀가 말했습니다. "목소리가 참 좋으시네요." 그 한마디에 제 심장은 미친 듯이 뛰기 시작했습니다. 결국 저는 만난 지 2틀만에 그녀에게 고백했습니다. "나랑 사겨죠"라고 말이예요.

행복했습니다. 드디어 내게도 이런 사랑이 왔구나! 설레이는 가슴을 진정시킬 수가 없었습니다. 그렇게 나날히 사랑이 깊어지던 어느 날, 그녀는 수줍게 제 손을 잡으며 꼭 가고 싶은 곳이 있다고 말하더군요. '드디어 올 것이 왔다! 이제 진도를 나갈 때도 되었지.' 하고 마음의 준비를 했습니다. 저는 짐짓 담담한 척하며 지갑 속 콘돔을 몰래 확인했습니다.

그러나 그녀의 손에 이끌려 도착한 곳에는 흰 소복 차림의 사람들이 가득했습니다. 불현듯 제 얼굴을 부드럽게 쓰다듬으며 기운이 맑다고 했던 그녀의 목소리가 귓전을 스쳤습니다. 외, 도대체 외! 나에게 어떡게 이런 일이! 어의가 없었습니다. 친구 결혼식 추기금으로 챙겨 놓았던 20만 원을 돼지머리에 쑤셔 넣고서야 그곳을 빠져나올 수 있었지요. 미안하다고 말하는 그녀에게 저는 눈을 붉알이며 수리를 질렀습니다 "됐어! 다 끝났어!"

그녀와 헤어진 지 횟수로 10년이 되었지만 찬바람이 불기 시작하면 그녀의 얼굴이 떠오릅니다. '그래도 참 예뻤었는데….' 기억 넘어로 그녀가 사라지기는커녕 그리움만 싸여갑니다. '내가 너를 얼만큼 사랑했는지 너는 모르겠지. 나쁜 년. 조상신이 벌을 내리실 꺼야. 나를 울린 죗값을 치루길 바래. 그래도 얼굴은 참 예뻤는데….'

그녀를 처음 만난 건 어느 시월의 오후였습니다. 혼자서 부암동을 걷고 있던 저를 붙잡으며 그녀가 말했지요. 할 얘기가 있는데 잠깐 시간 좀 내줄 수 있냐고 말이에요. 연애를 걸어 보려는 뻔한 수작에 코웃음이 났지만 저는 그런 그녀를 굳이 뿌리치지 않았습니다. 왜냐하면 그녀가 너무 예뻤기 때문이지요. 원래부터 예쁜 여자라면 사족을 못 쓰는 저에게 그녀는 마치 여신처럼 느껴졌습니다.

"커피 한잔 하실래요?" 그녀의 물음에 선뜻 대답하지 못하고 우물쭈물대는 저를 보며 그녀는 빙긋 웃었습니다. 저는 미소를 띤 그녀의 얼굴에 다시 한번 반해 버리고 말았지요. 금세 사랑에 빠져 버린 제 마음을 드러내고 싶지 않았지만 그녀는 이미 알고 있었던 것 같습니다. 지가 작정하고 꼬시면 넘어오지 않는 남자가 없다는 사실을요.

지금과는 다르게 그때의 부암동은 정말 한적했습니다. 우리는 한참을 걸어 외딴 카페에 들어갔지요. 어쩐지 쑥스러워 자꾸만 헛기침을 하는 저에게 그녀가 말했습니다. "목소리가 참 좋으시네요." 그 한마디에 제 심장은 미친 듯이 뛰기 시작했습니다. 결국 저는 만난 지 이틀 만에 그녀에게 고백했습니다. "나랑 사귀어 줘"라고 말이에요.

행복했습니다. 드디어 내게도 이런 사랑이 왔구나! 설레는 가슴을 진정시킬 수가 없었습니다. 그렇게 나날이 사랑이 깊어지던 어느 날, 그녀는 수줍게 제 손을 잡으며 꼭 가고 싶은 곳이 있다고 말하더군요. '드디어 올 것이 왔다! 이제 진도를 나갈 때도 되었지.' 하고 마음의 준비를 했습니다. 저는 짐짓 담담한 척하며 지갑 속 콘돔을 몰래 확인했습니다.

그러나 그녀의 손에 이끌려 도착한 곳에는 흰 소복 차림의 사람들이 가득했습니다. 불현듯 제 얼굴을 부드럽게 쓰다듬으며 기운이 맑다고 했던 그녀의 목소리가 귓전을 스쳤습니다. 왜, 도대체 왜! 나에게 어떻게 이런 일이! 어이가 없었습니다. 친구 결혼식 축의금으로 챙겨 놓았던 20만 원을 돼지머리에 쑤셔 넣고서야 그곳을 빠져나올 수 있었지요. 미안하다고 말하는 그녀에게서는 눈을 부라리며 소리를 실렀습니다. "됐어! 다 끝났어!"

그녀와 헤어진 지 햇수로 10년이 되었지만 찬바람이 불기 시작하면 그녀의 얼굴이 떠오릅니다. '그래도 참 예뻤었는데…' 기억 너머로 그녀가 사라지기는커녕 그리움만 쌓여갑니다. '내가 너를 얼마큼 사랑했는지 너는 모르겠지. 나쁜 년. 조상신이 벌을 내리실 거야. 나를 울린 죗값을 치르길 바라. 그래도 얼굴은 참 예뻤는데…'